当代作家精品·散文卷 凌翔 主编

时间的河流

范春兰 著

北京出版集团
北京出版社

图书在版编目（CIP）数据

时间的河流 / 范春兰著 . — 北京 ：北京出版社，
2023.3

（当代作家精品 / 凌翔主编 . 散文卷）

ISBN 978-7-200-17863-0

Ⅰ. ①时… Ⅱ. ①范… Ⅲ. ①散文集—中国—当代
Ⅳ. ① I267

中国国家版本馆 CIP 数据核字（2023）第 042774 号

当代作家精品·散文卷

时间的河流
SHIJIAN DE HELIU

范春兰　著

凌翔　主编

出　　版　北京出版集团
　　　　　北京出版社
地　　址　北京北三环中路 6 号
邮　　编　100120
网　　址　www.bph.com.cn
发　　行　北京出版集团
印　　刷　三河市中晟雅豪印务有限公司
经　　销　新华书店
开　　本　710 毫米 ×1000 毫米　1/16
印　　张　16
字　　数　206 千字
版　　次　2023 年 3 月第 1 版
印　　次　2023 年 3 月第 1 次印刷
书　　号　ISBN 978-7-200-17863-0
定　　价　69.80 元

如有印装质量问题，由本社负责调换

质量监督电话　010-58572393

目 录

第四辑　栖息在季节里

第五辑　一轴灵魂的画卷

第一辑　笔砚成景山水媚

不只身后的村庄，所有过往的事物，都滋养了我们精神的味蕾，相伴着我们的前世和今生。

枣语成树

一

祖爷爷盖的老屋，古旧、呆板，木格子窗已成铁黑色，母亲糊的窗纸被衬得很白。我得把脚抬得老高，扶着厚重的门板扇，才能跨过门槛出来。可我的眼神儿，比杨树高，比风机灵，它跳跃着，一出来就瞅见墙上多了片红艳艳的东西。

不由得一阵欢喜，在粽子里面吃过的，是红枣，很甜。

风迎面冲撞过来，顶得人使劲缩着脖子，打哆嗦。因了墙上那片挪不开的红，我不怕冷了，看看左右没人，就使劲伸长了手，跳着够，根本够不着。又把脖子伸得长了又长，还是够不着。于是舔着嘴唇，嘴巴张了又张，恨不得让眼睛长出铁钩子，把墙上那片红钩下来。吃不着，站着不走，细细地看，细细地想，想奶奶为什么把这些枣用白荆条一个个穿起来，穿成好看的圆，还显摆似的铺挂在墙上。

那片枣排，那片没吃着的红，成了我对红枣最核心的记忆。挂在墙上的那些，是为了全家下一个端午节色泽的鲜艳和完整而备下的，是绝不会给小孩子吃掉的。

"是什么样的树，结出这么好的果实？"我拿着专用小蘋锄一路小跑着跟在父亲身后，问父亲。恰巧我们那块地的埝阶上，不知何时竟然生了一棵小枣树苗。父亲粗糙的手一指说，这棵就是。猛一看多么像酸枣树，可树干发红，比酸枣树粗多了，叶片也大多了，晶绿晶绿地闪着亮。

拥有了一棵红枣树，心里很是欢喜，尽管它还小，可它毕竟是红枣树。

抚摸那棵小枣树，瞅那棵小枣树，我想象着它日后沉甸甸、结满红枣的样子，想它结的枣子会不会和我吃过的一样甜。愣是瞅啊瞅，瞅在眼里，记在心里，以至于那次瞅过之后，不管多小的枣树植株，也能一眼辨认出来。

二

就这样，一枚枚红色的精灵之物，裹挟着童年里悠长的梦，跋山涉水，一路款款而来。在它以饱满的风韵、自然的风姿，站在我面前时，似圆了一场千年的相约，心神知会，不由醉在了一次沉甸甸的相逢之中。

携带着祖代的坚忍基因，从沙砾中攀根拔节力生出的这一物种，在世纪风雨的栉沐之下，在阜平人的眼睛里，早已褪去了它本身的微渺与娇弱，悄无声息地站在了精神的峰峦之上，并将阜平人在世代的精神行走中缔结出的灵魂之光，虔敬地镂刻在了人生的信仰之中，在闪耀光辉的红色精致的心灵杯盏里，盛放着数不尽的苦难和描画不尽的幸福画卷。

和没有哪个民族没有经历过苦难一样，诞生于沙石中的红枣树的骨骼与大山的性格一样粗犷、坚韧，艳红的枣子里，循环流淌着殷红的血脉。这种看起来微不足道的果实，就在群山深处，在它的心怀里，和掌心结满老茧的乡亲们一起，曾托付着命运中无数的苦难和抗争。

你可以想象，站在路边，用一双颤抖的手，捧着简朴的心和红枣递给打鬼子的亲人们时，心头的期盼是何等的热切。无数简单的心和红枣树一样卑微，祈求的是活着，是生存。人可存，枣可存。枣的存在支撑了人的存在，人的存在又继续了枣的存在，在自然的信仰中，万物相偕共生。可不知在自然界的生存法则里，究竟有没有如此坚硬又如此柔软的一项规则：为一块土地的整齐划一，你的目光如此博爱、多情。我常以为是太行，是太行借这秀巧的红色之物来考证历史，并让一缕阜平人本质的心香，牢固地记挂在这群山顶上。让子子孙孙，用来怀记。

曾多次，细细端视捧在手心里的枣子，想破解出它在苦难的压榨之下，坦然面对家国大义时的精神密码。其实，如沙石一样朴素的老百姓，在把枣子捧起那一刻起，从一棵棵铁一样坚硬的树芯上诞生出的力，就已经完成了它与子孙后代之间血脉的完美递接。

一时起，阜平红枣的颜色愈红艳，味道愈纯正。硬邦邦，红滋滋，沾足了从苦难中渗出的滋味和人性的清香。这份虔敬的奉呈，铸就了一代人的信念，成就了阜平在晋察冀抗日战争史上最丰艳的一种颜色——阜平红。

红枣又是幸福的。时至今日，阜平的婚宴上必备着一道象征美好生活将要开启的喜菜——枣栗子，新婚的床面上也会铺一层新红的希望，均借谐音"早立子"之意，祝福一种新生活的开始，让梦的羽翅在暖亮的色泽中欣和地伸展。

红枣树不再是一株小小的枣树，红枣也不再单纯是枣树结出的一枚枚小小的果实，它成了钉在阜平红色历史衣襟上的不可缺少的纽扣，又是缀在阜平人对美好生活祈愿中的永远绽开的花朵。

一开一合间，它的身形灵透无比，散发着神圣的光芒。

三

倔强的山梁，连绵的土坡，是枣树们栖息、繁衍的家园。我的家乡是名副其实的枣乡。可生我养我的小村子里没有枣林。

一个通红的秋天，我走进一片密不可穿的枣林。不，应该说是走进了一座又一座的枣山。

枣坡层次分明，枣林密集，枣枝低垂，羞且傲的枣子们神情怡然，成山成景地生长着，不是张扬但见张扬，见到我，含笑把我的视线速捷地进行了有情整合、折叠，我无力放眼，只好将心打开。

随坐于一棵枣树下，密实的枣枝垂落于膝，不禁欢喜地捧了起来，看着它自语道："怎么这么多的枣树啊！"孩子听到，急急地回应我说："是古时一位县令让老百姓们栽上的呀！"

我微笑。没再说什么，独自一人往枣林的更深处走去。走着，走着，我就遇上了你——一位多么可敬的县令！我恭敬地问："你心里装着多少锦囊妙计？竟能让这片贫弱的土地长了如此多的枣树，眷顾着百姓呢。"你笑了笑，面朝青山，意味深长地说："君不见，一方水土之上，众百姓虽然贫苦，但勤智有余，足矣！"

"感到欣慰吗？"我又问。

"哈哈哈……"

你不再回答我的话，爽笑过，突然就转身不见了。我怅然若失，丢了魂一般，在枣林里奔来奔去，不停地寻觅你的踪影，站在山顶四处眺望，大声地呼喊你，还想对你说些什么。可除了枣树的清香，怎么也寻不到你。后来，实在不甘心，我多多少少了解历史，就在自家书柜里，翻箱倒柜地寻你。果然，在县志的第704页，我寻到了你。

你没有留下姓名，更不知你到底属于哪个年代，可你生就的宽阔身形，是无法改变的。

寻到了你。这回，轮到我畅笑了。我说，先生呀，你走不丢的。这里的百姓们绝不会让你走丢的，你已经变成了一株果枝丰茂的擎天之树。一棵是你，一坡是你，代代是你。你的精神的芳香，早已弥散到了八百里太行之外呀。

慨叹这些的时候，我听到孩子正在流利地背诵《千字文》，声音稚嫩，却字正腔圆，正背到"存以甘棠，去而益咏……"

四

沿着苦难的方向，翩跹而至，你拂去一身的沧桑，历历在目的是微笑着的挺拔和执着。莫问遥遥路途，儿时的那一株碧青的枣树苗，业已长成粗壮的一株了吧，一定是枝叶葳蕤，果实沉密。

枣芽未绽时，曾站在"万亩示范枣林"基地的一个制高点上，眺望过一山又一山新开垦用来植枣树的沟沟坎坎。远远望去，犹如音质优美的五线谱一般，层层有致，起伏跌宕间，俨然江河奔流的俊美身形，连绵不断，无远弗届，给人直抵天涯的感觉。思绪沉溺，新鲜的目光就有些慌急了，不停地捕捉着这份广阔的喜悦。观望不及时，眼前就再现出了一坡又一坡的盈绿，一坡又一坡的红枣，一坡又一坡的念想和安慰。

千万棵枣树，长生不息。千万颗的红枣，常色不褪。金秋今又是。凝神谛听，这种太行孕育的世间灵物，正在喃喃细语，依顺着无边无尽的太行皱褶，向纵深处延伸而去。

山间百草香

一

内心空旷至极时，时间的声音会从无边的黑暗里，不顾一切地冒出来。

不教日子过乱的钟表，嘀嗒，嘀嗒，单一的声音从生命古老的缝隙里猛然钻出来，把眼下难以放下的心绪梳理成束，再把或散漫或简陋的时光，放任到下一个循环。这个时候的我，已经学到了几个名词，能认识实物了。

总把一些不需要背的东西，独自背在身上，从极小的时候就这样了。五岁那年，替生病的奶奶煮了第一碗面。六七岁的时候，要把弟弟背在背上，细小的双臂无力受重，弟弟从背上滑下来也就成了平常事。这时，听到哭声的母亲因为劳累心烦，会毫不留情地打我几巴掌。我不知道可以向谁解释什么，所以养成了至今不喜欢解释的习惯。身体疲累久了，总想在时间的缝隙里，寻找机会逃出去。逃到哪里呢？只有大自然。

所以童年时，拔猪草成了我做梦都想干的活儿，也是童年最轻松的记忆。我会飞快地拔呀拔，拔得篮子里多多的，满满的，生怕不让我再干这个活儿。然后，从拔满一篮草，到天空昏暗前的那一小段时光，就真正属于我了。

我会心无挂念地坐在草上，篮子里是流传下来的名字好听的草——紫丁香、叶衣、青青菜、老绿菜、豆根苗、姑娘苗、猪耳朵叶、白蘩草等，看着一篮子蓬松鲜嫩的草，像摘到了心灵的花。还会再顺手抽出一根热草或者白茅，然后放在嘴里，嚼呀嚼，成了每次与田野的见面仪式。就是这一茎绿草，把时光穿成了串，把所有心情都染上了自然的色泽。

唯人间草木香醇。很小很小的时候，不管走多远的路，不管走出去多远，路边永远生着大片大片的野草，割不尽，烧不尽。那些野草，就在脑子里，在眼睛里，铺展成了最庞大的事物，最温暖的事物。

至今喜欢坐在野草地上，那份感受超过最好的沙发，一直认为草是这世上最多情、最可靠的事物。在春天，在浓夏，在深秋，甚至在深冬，都有过一个人坐在草垫上的经历。我说的是一个人。这时的草垫就像奶奶的手，轻轻抚摸我的时候，一些病痛就溜走了。

这些草呀，在我的意念深处，是生而不灭的。

二

我发现了一个秘密。许多有血缘关系的哥哥姐姐和我一样，走在乡间小路时，会顺手抽出一茎野草，把白嫩的一端放在嘴里，嚼啊嚼。就因为这个原以为只属于自己的动作，我看着那些哥哥姐姐觉得更亲近了。很多时候，曾在野外一同脱下鞋袜，看小脚指甲上是否有成两半的印记，真的是一模一样。原来，我们这些后世子孙也是有名有姓的，是祖先们怕把我们弄丢了，特意做了记号的。我们要感恩，感恩这份来自血脉的惦念。

我们这些后世子孙走呀走，不知走了多远，才走到了一起，走到了现在。

素日里吃的饭菜，细想皆来自草木。而人只不过是其中小小的一环。

父亲买回了一头骡子。这时的我不只会理解名词了，还学会了许多英语单词。

这头骡子力气实在大，父亲给它套上干活儿的用具，比如车，比如犁，鞭子轻轻一抽，它就开始用力，替家里干了许多重活。我的任务，也从拔草变成了割草。每天下午放学后，一声不响，便背起篓子，拿起镰刀，独自上山去了。新开春，草坡上有一种晶莹的嫩绿，不愁找不到草。很轻松便割满一篓，母亲说，要割满、压实，否则不够吃。于是，我每天都按母亲说的，割了压，压了割，直到不能再装。不再是拔蓬松的嫩猪草时的轻松，那篓草是有重量的。我的肩膀超载了。夏天时，时间依旧不说话，一日一日，没有了那么多鲜嫩的野草，我要到那些打了树的树坑里，找那些丛丛密密的热草（狗尾巴草）。一窝、一窝，那些绿珍珠一样的热草，是这粗犷的山坡上最细腻的情感，也是一种割不完的草。一茬割完，时间不长，又是一窝绿意盎然，也是因为这些草，那头骡和我都过得平安、平静。

山坡是不一样的山坡，心情还是一样的心情，野外还是草，还是绿，我还是一个不爱说话的我。在草木的王国里，那些绿草的暖，是终生的回望。山坡上的草绿，是染亮心灵的最好的颜料。

就在这样的山坡上，当手与镰刀久经时间的磨砺，我的生命与自然达成了默契。镰刀头是用草木燃烧加热之后被锤炼、淬火的结晶，是草木向世人展示智慧和力量的捷径，让作为生命个体的我，在走向心中的碧绿草原时，又近了一步。

这年秋天，除了日日喂养，我还为这头骡准备了一大垛过冬的干草。也为自己将来做平常事，准备了一生用不完的耐性。

三

遇见一位熟悉的大姐，正在路边晾晒一大筐草。走近一看，是种子会飞的蒲公英。这些我们曾不以为意的青草，已经在时间里赢得了它绝对的尊严。

烟草也是草，在烟草的围攻之下，我竟然第一次做了时间的逃兵。

一位著名的中医教授用标准普通话对我说："你这样的病用西药，好不了，你想想，我们的中药都是几千年来，人们一口一口试出来的，是根据我们中国人的生活习惯、饮食习惯、个性体质对症下药的。你这个病，好好吃中药，慢慢就好了。"

跌倒在时间的落差之中。在医生和医生之间，在生命和生命之间，在大都市与荒凉的乡间之间，在意念中要站起来和相对的绝望之间，在白色精致的药片和一把把形态各异的杂草之间，我永远无法准确无误地表述当时的心情。

于是，又开始选择用各种草，来驱逐烟草带给身体的不适，来温暖和修补我这样一棵会移动的草。

我开始服用草药，即把多种草放在一起，熬粥一样煮出来接近黑色的汤汁。

来自体内的排斥，不是人心所能左右的。在纤细如丝的神经通路中，那些草木聚拢而至，汇合成一种具有亲和力的味道。面对这些来自大地的安慰，我贪婪而又执着。一杯接一杯，一日接一日。当我从微汗的衣服上，闻出人间百草的气味时，由对那一杯中草药汁长时间的忍，变成了轻松接受和感恩。

直觉是，肌肤和骨骼在众草的扶持下，真切地化身为大地上的一株青草。

中药是药吗？我极认同，又极不认同。

在百草的氛围中，所有的骨节慢慢不再僵硬，开始舒展，有了自由的意味，更有了受到自然馈赠的感恩。每走进原野，目光中的那些绿，那些纹理清晰、熟识的枝枝叶叶，在《诗经》里唱着春天的歌子，在《本草纲目》中仍是一片郁郁葱葱，散发出古老而又神秘的智慧的光芒。葛、木瓜、桃夭、芣苢（车前草）、蘩（白蒿）、蒌（师姑草）、萑（益母草）……这些从远古走来的草，携着大地的基因，吟唱的一直是生命的曲调。

年逾古稀的老教授为探寻生命的秘密，仍在飞来飞去，不停奔波，在夜间，又累又困的他坚持用不太熟的微信语音，一次又一次调整着我对中药的敏感："再加五味子十五克、瓜蒌十五克，你就不再心慌了。"当半杯微黄的汤水喝下去，短短半个小时，整个世界不再转速过快，恢复了以往的宁静。盯着那几颗小小的黑色豆状物和那半截干瓜蒌，我再一次认为这些草不是药，而是一种对不同生命个体的绝对安抚和平衡，是和人相伴而生的物种。我把这些富有情感的名字，记在我的本子上。每一个处方上几十味中药，持续跳跃着，在时间里，在筋骨中，细致有力地重整着我生命的循环。无数次的抗争，无数次的抚慰，一次次饱满的灌溉，一如时间的大钟摆，是要把一切都铺平的意味。如此，我更认定，那些草本来就是我们身体的一部分，现在的它们以一种外在形式，做了修补我生命的补丁。

柔性润泽着生命的青草，多情而又执着。高大帅气的表弟高考之后，任性地放弃了多填志愿，只填报了一个：北京中医药大学。他的爷爷一生在本职工作之外，苦苦研究中医，替身边人医好了不少疑难杂症，越来越珍视这些人间有情物。他让他的两个孙子都读了中医药大学，还告诉他们，人要为社会做贡献。

人和草之间已经结成了一种真实的道德绝对关系。同事瞪大了眼睛说自己妈妈的事，说她长了一腿疙瘩，妈妈就采了一小把荆芥，洗了几次就洗好了。市场上五毛钱一袋的廉价辣条，导致过敏性紫癜，已让许多家庭登上了茫茫求医路。当地一位中医却用了不多的几味中草药，医好了几例病。远道而来的人多了起来。一个荒凉的村庄，在一些人心里胜过了大城市，从此声名远播。

四

青草与人之间有着最亲密、最细致的关系。我们曾养过的羊、驴、猪、兔子、骡子，都是吃草的。我们吃的也多是草本植物。回头望望，我的整个精神世界里，竟然都是片片平地而生的绿色。喂养动物的是草，烧火做饭的是草，治病的还是草，这些草倔强地支撑着我，叫我在世间奔走时，在遇到非难、屈辱、污蔑、欺骗时，没有瘫软在地，反而更懂得了平凡生命存在的理由和意义。

这种与青草分不清彼此的关系，让我久久环望这阔达的世间，那些我曾用较大力气掘出的开紫色小花的棵棵远志，又长出地面了吧。

枯黄的青草会归于泥土，新鲜的泥土被人工搬运之后，再逢上一场小雨，短短数日，又会生出千万棵细密的青草。我常常在面对这种情景时，独自微笑。不止一次两次。

盈盈瞬间，那些身姿各异的草，就在人类的精神世界里活了起来，站了起来，站成了一种不灭的精神，站成了一种温暖的与天地同辉的宏大意象。

从肉体到灵魂，我们都已融入这翠绿的慰藉之中。田野里生机一片。

银河大峡谷

一

朋友说去银河大峡谷，那里四时风景不同，想一睹秋色渲染群山的壮观。阜平的东南诸峰，和缓温顺。西北诸峰，神采各异，林壑优美，加之绿化率极高，自是蔚然深秀。我也想放松一天，于是随团而往。

早些年，曾因工作多次去过银河大峡谷。谷内是谷随山行，谷中有谷，左右渐分。山不同，水不同，自然是景不同，美不同，故事更不同了。曾用羡慕的口吻和当地一位朋友说："你们那里将是阜平最好的景区。"他听了又喜又惊，竟反反复复问我："是吗？是吗？真的是，我就相信你的话。"看他脸上的喜悦和憧憬，仿佛我就是神话里顷刻间能完美地布好他家乡美景的那个人。

近年一次进谷，是往银河村方向，那是银河谷的小分岔。初入银河谷，看到山上树种不同，有栎树、落叶松等，郁郁青青。因早年飞播而形成，我被绵延伸展的层层色带迷住。深吸一口清透的空气，再继续随景深探，又被一块硕大的无棱角的石头引诱了感官，掠住了心神。寻了一块一米多高、大而坦的石头，端坐其上，恍惚之间，自己就是一块静默在这郁郁碧影之中的青石，仿佛静置在大地之心，身心再无风吹，心思再不受外界干扰。

银河谷的石头有着别样的美。头一次去三岔村，幽谷深处，我被右侧山体间镶嵌的巨石震撼了。与别处不同，因为那些半裸在山体间的巨石都近似圆形，分散在高大的山体间，就像大山结出的、熟透的白色果实，且给人随时会滚落下来的感觉。倘使见到，你绝对不会怀疑它们是远古造山运动中的水中石。再远远近近地眺望着，对比眼前这些散落在谷中的石头，形如同出。如果从谷口开始漫步，你只欣赏河中之石，会见到更多有特色的石头。有狮对吼、对鱼急渡、神女裸浴、鳄鱼入梦等，有的线条柔软，有的棱角毕现，皆现静中之动态，令人浮想联翩。收回神思，再端详脚下的各色杂花，紫的、粉的、白的，铺陈眼底。色彩易辨的两面青山，缓缓地平行延伸，泰然相伴。谷底有高可触天的石湖岩主峰，正巍然矗立。平谷韵生，好不生动。

如果不往远处想，单就眼前这一方山水，幽深中暗含着开阔，平实中衬托着大美，实在是可幽居之胜地。同行的一位兄台是当地人，指着右前方一峰说，那里就是明朝开金矿的地方，有金洞台、银洞台，最多的时候有三万多人聚在此地，日夜不停地挖取，多有强取豪夺、兵戎相见。更有"从南坡到北坡，金银十八锅，要想开出来，还得原人来"的说法。这些绝不是传说，一则，因县志有明确记载明代大开金矿之实；再则，《山海经》中也有注明，此山系多产金、银、玉、铁等。再看路过的村庄名字——银河村，活脱脱夸张地形容了一下当时群雄盘踞在此、采石狂炼金银、河水流光泛彩的情景。

坐在河中的石头上任思绪漫游，轰隆隆的长久开采，以死相拼的争夺，想着想着，人声、马声、刀剑声、呻吟声、痛哭声，混杂金子与石碾持续碰撞、碾压的噪声，便齐齐传了过来。又宛若见密集处，人影极致晃荡之后的满目萧然与寂寥。人声过后是什么？是静寂的残破山体，是神无所依的眼睛，是数不清的石碾辘轳。那些石质坚硬、表面细腻、中间有洞的碾辘轳，无时不在漫语低诉，向后人轻诉着这段沸反盈天的史实。岁月轻淌，这些曾负过重的碾辘轳，大都被就近居住的农民挪作他用。有垒了埝阶的、打了房基的，有铺了路的。欲望的焰火不再燃烧，等一切都安静下来时，因地处偏僻，行路艰难，这里的人依旧贫穷，而幽处，云朵也开始自由飘浮。

想多了，心情不免沉重，又想离现世久远，无论从哪个角度来说，都可以不用多想这些问题了。只是刚刚路过的只有一户人家的小村，进村须过一座微型小桥，桥头上是扁担形的埝阶，高度超过了几间颓败的民居的，偏偏是一地微珠滚圆的黍。真是许多许多年没有见过这种农作物了。幼时抓在手里时，滑溜舒畅的感觉还在。转念，眼前的这些黍，是从《诗经》里突然跳跃而出的吧。不然，在这无际涯的山水之美中，长驻着听过便不会忘，令人心生忧伤的故事之外，又偏偏遇到了几十年不见的黍，正弯着腰身，独自冥想。也对，面对这群山中早已散尽的历历往事，满目自然风物中，正有一地茂盛的黍，真是恰到了好处。

二

峡谷之美在其质，银河大峡谷之所以掠人心神，正是由于其中幽谷，各显其俊。七十余里的正谷底是保定第一峰的歪头山，登顶可远望百草坨，俯瞰千峰山，东眺黄落伞。

若非住上几日，银河谷是看不完、看不尽兴的。先宛转去往举世闻名的仙人寺。初进谷口，依右山进，边观两侧嵌于山中之石，思远古之轰鸣。约四公里处，右侧蓝天覆山，石山绝壁，间有洞口，有水涌泻而出，自然成瀑，远来的游人们早睁大眼睛，为接近这纯白之水，如见了真真好景一般，扑向瀑布。在瀑布声中，随性地抬头观望，拍照留念之余，恋恋不舍之情表露于外。

车走在新修的柏油路上，人在车内，眼睛里的山水是随时变化着的万花筒。山态多变，山色尤美。及近南山，就能看到活生生的巨型石人，独立山巅之上，人称仙人石。石旁建有小寺院，叫仙人寺。如今，路修到仙人石近旁了。不得不提一提这路，打心眼里是不希望这路一修到底的。因为没有了登高才近景这一漫长过程，车一停下，走三两步就能看到全景，太容易。不像人生，必须步步登高，没有捷径可走，必须足量地费神费力之后，才能完成认识生命的过程。

花把阜平西北部的空气都熏香了。一年十几场浇花雨下来，高高低低地开放，更是丰饶多姿，此地还富产几百种中药材。这座山也不例外。我还在想，如果是春天，漫山的山桃花先开出一片圣洁，随后，紫红的野生杜鹃花如火把一样，把大山"噗"的一声点着了。呼啦啦，从山下一直燃烧到山顶，接着再燃着另一座山。倘是正夏，红色山丹丹在哪里正开能一目了然，还有山梅花、野玫瑰，各种溲疏花也不甘落后，如赴宴一样追赶季节。

秋风几过，路边的沙参正低垂着蓝色风铃。丛丛金色沙棘也不知在哪里独自静默。干枯的狼尾草依旧是倔强姿态。因为海拔一千四百多米，高大的栎树、黄栌等很适合在这里生长，此时正红得讨人喜爱。远眺仙人寺周边，山形舒展，绵延无际，山色以红、黄、绿三色为主，正被日光缓缓勾兑，随时间变换，众山不断披出一匹又一匹不同花色的锦缎，如花，如火，似在上演一场声势浩大的时装秀一般。

沐浴秋光，登上山顶之后，会被定格在奇美的秋色中。再说仙人寺，据传"先有仙人寺，后有五台山"，少说它也有两千余年了吧。说起仙人寺，是要多用些笔墨的。我们当地一位兄台，非常准确、形象地用"盆景"一词来形容仙人寺和仙人石景观，那是精致绝伦的美。

移步这不大的寺院，石阶、石柱眼、石盆，现存的皆是旧时风姿。殿前，有赑屃驮碑，碑身隐约可见明万历十三年重修等字样。过观音堂，绕寺左小径，可抵仙人石近旁。仙人石和寺都在山顶，且相互依附。通往仙人寺的路只有南面一条，其余三面都是直戳戳的悬崖，深几十丈。立在仙人石边，唯一的巨石板上，不敢看身后危崖，只觉身似一粒飞尘，不知从何处来，又要到何处去。此时看危崖顶，有寺独幽，有仙独立。在仙人石边，给自己壮壮胆，越过石缝，有石平坦，接护仙人石一般，质硬实，可立十余人。立于石上，不免生出临危境之感，小心踱步。再跃，摸一摸仙人石身，才返回。崖顶分散长着十余棵大大小小的青松，耸立，展臂撑天状。较大一棵枝叶张开，巧做寺院之亭亭华盖。临崖而生的松枝皆平展或向上，似要努力相接成浓荫，完全呵护住这寺、这仙石一般。

矗立了几千年的仙人石和寺，就是这群山的重心，更是人们游览的重心。这时，你再想，这顶峰之上的石与寺，在远古的时候，声赫赫，名浩浩，各路传说纷至：骑虎的仙人、对弈的仙风、莫名的石碾等。至于说曾因僧众多，住不下了，才移往五台山新建寺院，据有关考证可信度极高。还说印度、南洋一带都有仙人寺的说法。这些丰富动人的传说，使眼前的仙人寺和石，在时光里更加生动，承载和映衬着远古文明的明亮与鲜活。同行的摄影师实在是敬业，给我们带来惊喜的是，一张仙人寺航拍图片。图片显示，中间乳白色竖起的是仙人石，环周，所能及处，是色彩随流光荡漾而成的仙人石的多彩裙裾。果真是天外飞来的极美"盆景"。好极了，能见此景，此生无憾了。

红叶依青松，青松映红叶。相依才能共生，自由才能呈其美，一如这仙石与这遍野的彩霞。

三

出银河大峡谷一直往北，至周家河村，有一棵古柏。在古柏的不远处，有几棵枫香树，粗壮、茂盛，深秋树冠正热情似火。树围超一米的枫香树在阜平境内并不多见。和它们相依而生的是一棵古柏，传说其是三千年前的古柏，并无材料可证，只是粗略估计。

这是一棵无丝毫苍老之态的古柏。裸露的树根相互缠绕着向更远处延伸。只是其中一根，就足够两人合围。众人坐在树下，坐在地面上外露的根上。我用手轻触那古老的柏叶，手微微颤抖着，似摸到神圣之物那样小心。

站在树下，头顶树冠，用尽全部心力，试图离古柏的心神再近些。又似乎可觉察到，柏树向四周探出的根须时时在延展、挺进，而树干却有岿然不动的最强大气魄。刹那间，万分喜悦，只觉遇到了世间最完整、最完美的事物。

没有人知道这棵柏树曾经历过什么。它之所以依旧站在人类的欲望之外，和它生存的地域优势有着绝对的关系。幽居的事物是最美的，是更能长久的。这里的山、水、人、树，都一样，生命只接受上天恩露，不受凡尘干扰，自是储足了天地之气，在这静静的幽美之地，经历了漫长时间。第一次真切地感觉到那个真实的自己，是虚无的，也是细碎的。一棵树的力量太强大了，它占领了思维所能到达的所有领域。在精神的自留地被彻底击中的同时，也感觉灵魂觅到了真正的可依之地。

我们从右方下台阶绕古柏，树下正坐着一位村民，见到我们便问："好不好？树好不好？"同行的一位兄台幽默有加，接着话问："见它长了吗？没长吧？你小时候它是不是也这么大？""嗯，没长。"村民略有些口齿不清，有些模糊地回着。多么巧妙的问话呀！是呀，时间之于人，茫茫自然之于人，人又是什么？究竟在哪里停歇？

没有词语可形容这棵古柏，于幽处见大，它又是唯一。

能见到它，就是福分，就足够了。

除了观赏山水之美，一行人还去看了茨沟营敌楼。二十年前首次见过，因是旧物，便多生出一种虔敬之感。近楼，远观山势，定能想象这一带皆地势险要，易守难攻，属兵家必争之地。据考证，吴王口曾是重要的城建地，曾经一度繁华，商旅来往其中，也有军队在此把守，属要塞之地。有当地百姓习勇的传统为证，有八百年的古槐为证。时光荏苒，终遮藏不住昔日之声。

越过这些模糊的日子，不妨找一户农家。在这里栖居的人们，似乎不喜欢涉足外面的世界了。他们祖祖辈辈在这里生儿育女，与山水共度光阴。如果适季，可赶上樱桃红红火火一片，可吸溜上一碗手工制作的银河凉粉，可吃到银河特产的蜜制小樱桃。说到这些，还需说这里独有的农家迎客仪式——火爆土豆。一位阳光敷面多年、脸色黝黑的老人，把一筐土豆"哐"地扣在地上，快速地扒平，然后起火。山药上面的火焰，直直地冲天燃着，还不断发出噼里啪啦的声响。老人们以他们的经验，一边留心翻弄着火堆下的土豆、一边自信地说："馋死天下的人！"围观众人都笑了起来。火光里的脸渐渐泛起了红润，火堆下的土豆熟了。接着会有一餐土豆盛宴，有蒸土豆、炖土豆、土豆团子、土豆饼等，这才是"馋死天下的人"的全部内涵。正是这种以地域性为主的独特生活方式，滋养了这里的山水和这里的人。

立在溪水恒流的青天之下，远眺这美不胜收的层叠群山，会不会看到，在某一个山脚下，溪涧旁，冷不防冒出几个野丫头，正从随身的口袋里掏出几粒细盐，撒在刚用牛粪烤熟的山蘑菇上，轻轻地咬下一口。紧接着，那清泉一样的笑声就传遍了大大小小的峡谷和林间。

想起贤人之言，自然是无法占有的。美也是无法占有的吧！此时，只能用点滴之美，替了众山共美。在时间深处，天地间的所有存在，都相通相融。

契约

似乎穿越到了一个堎阶的王国。

这些颜色不同、大小不一的石块，经过了不知多少代干巴巴的目光，皲裂的手日复一日精心地堆砌着，便你挨着我、我挨着你，形成了堎阶。这种看似十分随性的组合，无意间拼接成了大地上极其简明、极其稳妥的姿势。想这些高高低低的堎阶，与人、土地和庄稼之间，久久维系着的不了情怀，真实地搭建着世间的另一种美好。

走进这座深山时，心对堎阶的感动是先于清冽的空气的。目光在左右的堎阶上来回游走，此时恰好的阳光正照射在堎阶上，略俯下身子，找准了一个角度，用目光将一层又一层的堎阶拉平、拉展，再将堎阶与堎阶之间的缝隙速捷地用对土地的一片深情填平补齐，眼前就是一个具有美感的整体堎阶了，不，是一整片的由碎石组装成的壮阔的海洋。

我垒过堎阶，并不是眼前这种庞大的工程，而是修复不知祖上哪代修建的被雨水冲出了豁口的庄稼地里的堎阶。说起垒堎阶，是先把一堆备用的石头堆到眼前，从长长短短、形态不一的石头中间找，左看一眼，右看一眼，不放过每一块石头，不放过石头的每个面，等拿捏准了哪块石头的面较为齐整，能与砌好的层面吻合严实，就左右试探着放好，再用力摁摁，确定稳实之后，再继续寻找下一块石头。垒完整整一层，填些土加固，再继续垒下一层。就这么一层又一层，那些散落的不知有什么用途的石块，在历经了人力的挪移和拼接之后，就在天地间形成了一种强大的合力，一种足以撑起一块土地梦想的力。只是永远数不清这些堎阶中到底垒进了多少人的智慧，更不知蕴藏着多少人的或甜润或酸涩的情怀和故事。

眼前的这个山谷，碎石巨多。同行的朋友说到，那些大石头是舍不得垒堎阶的。这话我深信不疑。而对着这诸多的碎石和堎阶，我在想，这些天底下的普通物件在平凡人的生活中，太久地经过岁月磨砺之后，上演的又是怎样的一场又一场具有生命意义的构建呢？看到这满视野的碎石垒成的堎阶，自会想到这些堎阶背后太多的执着、知足的眼神，你还会对这一切不屑一顾吗？

眼前的堎阶，依旧用层层叠叠的心情书写着它的每一个记忆断面，绝不是一代人或两代人就能成就的。还有那些堎阶所抚育着的每一块庄稼地，更不知养活过多少代人。生生不息的土地间，陆续健硕起来的堎阶之上，定然有两个人，他们会在带露的清晨或橙色的黄昏，在他们日夜厮守的田垄之上，将这些无法再挪作他用的碎石，慢慢地垒着他们自己心中坚固的城。看吧，其中一人会在石堆中慢慢寻找，而后做递状；另一人会在安放好一块石块后，再扬手，做接状。这一递一接中，在心与心的桥梁之上，也接过了实实在在充满着温情的日子。

他们就这样相互配合着，垒着一个个看得见摸得着的堎阶，垒着一个个烟火缭绕的日子，垒着一种真挚的简单和默契。岁月的逼迫，使他们总有一天会变得步履蹒跚，他们也许会忘了初次相见时窘红的脸颊和慌张的眼神，忘了生儿育女后的满足和喜悦，而单单把那双无数次只顾挑选、托举着石块的干裂的手,从石堆中、从日子深处打捞出来,涂以心灵的颜色,雕塑成生命中最艳美的花朵,永世珍爱。

与泥土打了一辈子交道,在一片片庄稼正哈腰泛黄的日子里,他会久久地站立路边,盯着这些庄稼看,盯着这些堎阶看,盯着盯着,再回身看到叫回家吃饭的老伴或是孩子,就会"噗"的一下笑出声来。这时我在想,这种和土地一样朴实的笑并非直接来自丰收吧,而是来自肢体的温度和泥土的温度几经混合,是生活中的琐事滋养出来的笑意吧。他已经在岁月里把一种与生活、与生命密切相关的晶莹的支撑,牢牢地种植在了这田野之上,种植在了只知道低头劳作,从不会说什么大道理的心里。

感慨所见堎阶的整齐和完整的同时,一缕愁绪,已不知从哪个方向扑面而来。再看眼前,似早已不再是这素朴的明净了,而是歪歪扭扭、伴着间断垮塌的堎阶,一块块土地和那些被遗忘在村庄的老人一样,身态失衡了。他们颤巍巍地站着,与这山峦一道述说着无尽的空旷和寂寥。我眼前的这个村庄也和所到过的其他村庄一样,身形越来越瘦,内心也越来越虚弱。很害怕尽情呵护过堎阶和土地的人,在禁不起岁月刻画的时候,没有谁,或者说没有谁还可以做到,能把堎阶垒得整齐牢固,还愿意倾尽一生把土地和庄稼打理出一份与天地同秀的神采来,守护一种简约而结实的生活。

站在一块地边,深深地吸气,闻到的是最纯正的人间烟火味道,是羊粪的味道,是烧秸秆的味道,是小米粥的香味。正是这些味道,让心即刻苏醒并安静下来,放下所有心绪。

眼前的世界越发真实、光亮了。暗羡着这里的人,一草一木,牛羊、鸡犬,其不知霾为何物,这无疑又在意念之中加进了一种清净和明朗。禁不住幻想着这里发生过的所有的欢笑和悲伤,其一定是简单的,是通体透明的。

埝阶无语，只是让清透的眼神与惊蛰时节的土地、虫、草一道，迈入下一个春天。

车又转弯，阳光从山顶斜射到路边的埝阶上，为土地漆画了一层鲜活和生动。倘拨开这些，你会见到更多岁月的沉淀，其是匍匐在土地上就能听到的，是简单的生活和生命的意义之间的永恒契约。

奔跑的田野

一直认为自己是田野里的一棵庄稼，或是一棵草。只有在田野里，身心才会得以明亮的放逐、畅快的呼吸，和所有出生在乡村的孩子一样，享受着这广阔无边的爱抚。即便远离了土地几十年，也感觉不过是躯壳误打误撞地被挪移到了城里。心，仍是在田野，仍属于乡村。至于内心深处对田野的向往和留恋，没有因为时间的推移被磨掉半分，而是随着时光的梳理，这种记忆和情感已被一种叫作乡愁的黏稠物质清洗得越来越明亮、越来越真切。

出生在村庄里，是一件多么幸运的事啊！

曾在微博中写过一句话：和所遇的任何事相比，没有比生在黄土地更令人感到庆幸的事了。

在这个家族中，我是长女。一出生，从睁开眼睛开始，就看见了山水和草木的神奇和多情，开始学着认识牛、羊、鸡、兔、猫、狗等属于一个村庄的最生动的名词，也学会了认识生活的艰难。那个时代，还不允许做个体生意。几乎所有的村里人都心甘情愿似的被摁在土地上，摁在一种不变的简单生活里。他们所做的只是认真地擦亮每一件农具，好在晨曦或暮色中，望着从自家屋顶飘升起的缕缕炊烟，走到被叫作"好好过日子"的地里，或者回到有着妻儿欢笑的家。

我是跟着奶奶长大的，也是田野的孩子。捡麦穗、捡豆子、割草等，韵味十足地勾勒出了童年极其重要的那一抹色彩。令人记忆犹新的是放学后奔行在田野中拔草的日子。因为这是个真正属于农家孩子童年的活计，既能在放学后为家里拔上一篮子猪草，又能和伙伴在山间打打闹闹，忘了学习，忘了家务，只沉浸在田野的纵容里，嬉闹开心上好一阵子。沉淀在心中的田野的风是舒爽的，田野的性情是宽厚平和的，田野的眼睛是清澈明亮的，田野是世上最浓重的水墨画。总之，田野是那么随性地娇惯着一群又一群的孩子，不让他们受一点委屈地成长着，还让莴苣花、杏花、桃花、槐花、芝麻花、地黄花等应时而绽的花儿，点缀、扮靓他们的心灵。

随着年龄增长，常年跟着父亲下地，我几乎学会了所有的农活儿，差不多成了土地的一部分。做得多了，也慢慢喜欢上了做农活儿。喜欢劳作到满头大汗被田野的风抚慰的畅快，喜欢秋后的庄稼送给人的一份份惊喜。在田野里，庄稼是饱满的，眼睛是饱满的，心更是饱满的。从东到西，从春到秋，从小麦到玉米，你和每一棵庄稼欢喜地说笑着，哪有心思去想一些不愉快的事。大概这也是田野和庄稼对生活在这里的人们最广谱的恩惠吧。

分田到户后，分到家里的每一块或大或小，或方或圆的土坨，我都参与过种与收，喜欢每一件农具、每一棵树、每一个坡头、每一朵野花、每一声驴骡的嘶鸣，还有村子里的每一个白天和黑夜，所以内心蓄满了对村子的留恋和对土地的感恩。

最喜欢在干活儿的空当，呆呆地坐在山坡上，一边远望，一边漫无边际地想点什么，想到高兴时还会"噗"地笑出声来。割草时是这样，捡木柴时也是这样，就像一棵会走动的庄稼，风吹雨润过，常年欢喜地在田野里奔跑。

对庄稼和草木踏实的爱催生着一个人的智慧和耐性，与田野无缝隙的关联和亲近，更是让凡俗的肉身得以沐浴到清冽的风和和煦的阳光，从而自由舒畅地成长着。在和庄稼接触的每一个日子里，我永远是老师们眼睛里的好学生。微亮的晨曦中，有无数次和父亲踏着露珠走到田地，等到终于劳动到天光放亮，劳动到浑身发了热，也就到了该上学的时间了。于是开始了一个人的奔跑。奔跑到家，匆忙洗把脸，匆匆吃了饭，再背起书包继续一个人奔跑。还有四五里的山路要奔跑，要奔向学校，奔向教室，不能误课。我跑得飞快，也许是田野或是田野的风，助力我向前奔跑。尽管曲折的山路，坑坑洼洼，忽上忽下，总之，因为跑得快，我没有误过一次课。

奔跑了多年，终于有了收获。有一天，在村里人羡慕不已的目光中，我走出了村子到一座城市读书，后来回到县里参加工作。此后，就再也没有在田野里奔跑过，没有和土地如昨日一样亲近了。

远离了土地，远离了生我养我的村子多年之后，也曾对这个村庄爱恨交织，可是，从没有恨过我拼命奔跑过的田野。

时间，真的是最好的试金石。经历会让你从有到无，也会叫你从无到有。闲下来的时候，把时间铺平了再看，更想寻找一份记忆中最恬适的心境和落脚点，想来想去，不是这，也不是那，仍是群山绵延的村庄和那一片起伏波动的碧绿，仍是那一村子的乡亲们。

几十年间，无论走到哪里，仍旧感觉自己的确是一棵走动的庄稼。无论身处何地，无论有何烦扰，只要把心重新放逐在纵横交错的田野之中，重新沿着长长的路径疯狂地奔跑一次，眼前的世界自会辽远、明净。云散、雾隐。田野的风随时都会毫不吝啬地把心梳理出一片安宁。一直如此。

想到这里的时候，心安静了。身处乡村的雪夜，一样的安静。

挂在土地上的风铃

一路小跑着随父亲走在田间地头、歪七扭八的小路上时，听父亲动情地哼唱着"在那遥远的小山村，小呀么小山村……"也就这几句，父亲总是在高兴的时候反复唱，不住地唱，脸上浮着笑地唱。

打小总觉得父亲是个特别有办法的人，所以长此以往，痴痴地看着父亲成了我的习惯。

喜欢望着他的眼睛，喜欢望着他的背影，惊叹他是个无论遇到什么事，总会想出办法的人。所以，只要父亲在身边，我什么都不怕。我望着父亲时带着信任和敬佩的目光，当然也有一缕或几缕不知父亲为什么有这么多办法的疑问。从小跟在父亲身后嗒嗒地跑时是这样，过了不惑之年后仍是这样，就连在他心里感到彻底绝望，再也想不出任何办法聊以抚慰悲伤的时候，再想想所有度过的日子，我有的仍是感叹。

父亲比新中国早几个月诞生。父亲当时是不会理解和知道他出生的这个村子为什么会有那么多的贫困、饥饿和无法理解的大小事情的，比如说青黄不接时，家家都是粮食不够吃；比如因为饥饿，村子里有许多温暖的和不可理解的事情发生。现在想来，多半都是因为吃的问题。可能正是因为饥饿，在我略能读懂父亲的心思时，或正确或模糊地悄悄审视过父亲的目光。从父亲的目光里溢出来的那些对庄稼对土地的呵护、爱怜和希望的表情是凝重的，更是十足谦卑的。或者说，可能只有当一个人的命运和土地紧密相连、不可分割时，才会有那种和土地相依为缝、丝毫不叫人质疑的目光吧。

我常想，父亲对土地的爱，有一大半是奶奶从骨子里传给他的。而我对土地的爱是父亲从小带着我，从屋后走到屋前，从东片地又跑到西片地，穿山越河，一年又一年，还多数是踩着清晨的露珠，把田野和庄稼带给我的诱人的色彩和神秘感，把春种秋收的诗意慢慢灌溉到我的脑细胞中的。记得他曾摸黑带我到初春的谷子地里，让我一棵又一棵地、从根到梢细细区分那些乍一看根本没有任何区别的谷苗和青草。他也曾自己用铁皮桶制作了一个能装卸液体的用具，然后摸黑到城里替人清理厕所，等快到家时还会高兴地告诉我，白弄到手这么多粪肥，一分钱都不要。然后匆忙吃点饭，用担子一担一担地挑着粪，穿行在乡间那些车马都无法通行的小路上，到了田里，用一个自制大铁勺，把粪一勺一勺地舀到我提前挖好的红山药（红薯）窝里，叫我徒手在粪窝里马上插好秧苗，还美其名曰"粪暖窝"。我顾不得大粪的臭味儿，得抓紧时间，整个手就插进粪汤里，连忙一棵接一棵地插好。

这世上，最有情的是庄稼。

按照父亲的办法种红薯，秋天果然有了好收成，人在前面刨，后面就会滚动出一地的红薯，大的有二斤来重，小的也有半斤多。村里人从没有见过这么大的红薯呀，自是引来了一簇簇惊奇、羡慕的目光。值得一提的是，那时就是没了吃的，穷得再揭不开锅，也绝对没有偷偷摸摸的事情发生。无论秋冬我们离开自家的院子多久，只要把锁子挂在大门上，和来人不言自明地说着主人不在家，就可以了。每户人家都这样。

就是在这样宁静祥和的村庄里，在我把双手和大脑交给土地、交给田野的时候；一年年，一次次，我和那些明亮的色彩一道，早已做了每一个与播种、与秋收相关的链条中的一环，再也不能分开。无论何时何地，对土地，对庄稼，永远充满着敬意和爱恋。

父亲是一头牛。爷爷在父亲少年的时候因病过世，父亲上有姐姐，下有弟和妹，不得不担起了一个家庭最重的那副担子，天天摸爬滚打在土地上，不得不完全和土地打上了交道。后来，奶奶再嫁，父亲又受到了继父过多的虐待，再后来，因为修路，父亲去做工，生生被轧断了一条腿。由于当时医生医术水平不过关，导致术后不能走路，多年后不得不经历第二次手术，生活才得以自立。其中的苦，父亲也只是淡淡地和我提起过，可能总是认为我不谙世事，也或许是不愿再碰触那些伤心事，让过去成为过去吧！

从我记事起，除了上学，就常在地里干活，现在想来，一家人在地里劳作，竟是充满了永不复有的欢乐的。可是孩子们越长越大了，开始更多地要吃要喝，家里所有的土地、所有的收成，已经满足不了我们的需要。终于有一天，父亲开始学着，也是被迫做上了买卖，不再是钉挂在土地上的一个古旧的风铃，不论风霜雪雨，永远只知道在地里慢慢摇晃着自己的身体。

记得有一次，父亲不知从哪里批发回一大麻袋袜子。到家打开时，根本找不到两只尺码和花色完全相同的袜子。父亲说怎么会这样，像做错事的孩子，背对着我们坐在一个蒲墩上，一言不发。袜子是无论如何卖不出去了，母亲一声接一声无情数落着。我趴在暖烘烘的被子里瞅着听着，心想穿不一样的袜子也挺好呀，却不敢言声。父亲蒙了。我听到父亲说的唯一的一句话："我怎么这么相信人呢？"竟然有这么多不同的袜子，为什么一双一样的也没有呢。

父亲不得其解，我更不懂。直到现在我也没明白，那些个个不同的袜子是怎么凑在一起的，母亲又是如何把它们处理掉的。

慢慢地，似乎他不再像以前那么留恋，那么离不开土地了。是因为我们能挑得动水了，能替家里分担了？还是因为年龄问题，或者因为在地里几十年如一日地劳作心烦了？总之，我感觉父亲不像以前那么爱土地了。这样一来，地里的活计，自然加在了母亲和我们姐弟几个的头上。

等到父亲再一次对土地燃起心底的爱，是近几年了。生我养我的村子成了城乡接合部，土地大多被收购或挪用。而这时父亲的心已被生活、被现实刺成千疮百孔。我还想，如果让父亲换回到昨日日出而作的生活，能平平静静地过上几十年简单的农家日子，他会不会放弃那些所谓的好日子和赚到的所有的钱。几十年后的父亲看到土地一减再减，他竟然急了。或是心底浮想起了那些饿得盼不到天明的日子吧，竟找人把自家的坡地又是修，又是造，生生修整出来二亩多的一块地。种了花生，到秋天也会收获一大堆花生，惹得久居城里的邻居们都来帮着摘呀摘。种了玉米，也会收获数不清的、令那些有着土地情结的人艳羡极了的金色玉米。也就是前几天，父亲还提起，那年地里的山药长得真大，真多，担都担不完。说着说着，自己笑了笑。

父亲老了吗？我心头一热，感觉到父亲的心又一次被土地的回报焐热了。游走在世间几十年的父亲，受尽了白眼、无奈、悲伤，看惯了人心的狡诈、贪婪、无情，是不是真正感觉到了，只有他眼前的土地对他是那么实在，那么有情。

有种重新找到了什么的感觉，我看到了父亲满是皱纹的脸上浮起了一丝浅笑，这是一丝太难见到的时过境迁的浅笑，也是我十几年来见父亲发自内心的笑。

这笑，缘于土地，缘于庄稼。为了活着，一代人或者几代人的命运都是挂在土地上的，风一吹，便如古旧的风铃一样叮当作响，离不得，弃不得。这笑容，也是土地恩赐给父亲饱受过折磨的筋骨和血肉的。由此，我更加坚信了土地对于人类无声的教育，是最博大的，有着无限的力量。

我的孩子没有上过这一课，叫不来常见的庄稼的名字。为此，我常常苦闷。就算带他们到田间地头看上几天，会认了，也还是走不到庄稼的心里去。仍然会是两重天。

母亲的院子

母亲总是把院子扫得泛着白光，不小心会滑倒的感觉。打我记事起一直这样，搬了几次家，都是如此。可我只认那个依山而建的院子，那才是母亲的院子。母亲的院子里盛放着我的童年。

母亲十八岁嫁给长她三岁的父亲。应该说是嫁给了一条腿因受伤，落下轻度残疾的父亲。母亲总爱编着两根长长的辫子，发质好，黑又亮，顺且直。不清楚母亲为什么总爱发脾气，是因为家里生活困难造成的，还是因为在搬到这个院子之前没来由地生了多年的气造成的，我不得而知。反正我们姐弟几个常常会在犯了母亲认为是错的错后，在毫无防备的情况下挨上几巴掌。所以不管母亲高兴时或者不高兴时，我最喜欢看的是她操劳家务时，两根粗长的大辫子在背上甩来甩去的背影。

或者是对长头发情有独钟，几岁时我就按母亲的意思，开始留起了长发，还编辫子。这一留就是许多年，唯有初中二年级时，实在梳得烦恼，就偷偷地私自剪了一次。没想到这一剪刀下去，母亲竟然好几天没有搭理我。仿佛我剪的是她的辫子，而不是我的。自那之后，我也就慢慢地随了母亲，一直留长发，一直。

母亲不仅把院子、家扫得干净明亮，而且绝对不允许别人弄脏，不允许别人弄乱。母亲有个养小金鱼的爱好，小金鱼不是那么好养的，可母亲不怕输。总是遇见卖金鱼的就买回来几条，喂一阵子就会死掉，过一段时间，她还是会买。直到有一天，从一岁多开始跟奶奶一个被窝睡觉长大的我，惊奇地发现了她的这一持久的爱好根本不可改变时，我开始慢慢地试着读她，这才从奶奶身上挪移了部分的爱给母亲。在这之前，除了吃饭和干活儿在一起，我总是离她远远的，一是因为怕她，二是因为她的性格脾气。和父亲的柔和，以及对我们的有求必应对比，她是那么不可理喻。

除了年长的舅舅和姨姨，我还有几个小姨，那时常在我家住。因为正是贪玩的年龄，在一起玩时总是会有不痛快发生，当时我不明白，为什么每当我们因为一个豆子或是一块石头发生了不愉快，这个噘嘴那个流泪时，母亲总是拿着扫帚打我。一下两下，不留情地打。直打得我哭起来，再不敢与她们发生争执。被强压下去的火，不是灭了，而是会以另外一种形式发散出来。我甚至恨过她们。时隔几十年，我才想明白了，姥姥总共生了九个孩子，实在太累。母亲也是要帮她，不折不扣地帮她的母亲。因为母亲为长。

我绝对相信，父亲初见母亲时眼睛里肯定焕发了神奇的光彩。否则不会许多年，一直是母亲说风是风，说雨是雨。也不会在我做了多年医生之后，母亲还会断然服下父亲给她拿来的止痛药片，而拒绝服下我的处方药。在重男轻女的村子里，在衣食尚不满足的日子里，因为父亲会木匠、铁匠等多种手艺，也就较其他人家丰足了些。虽说也吵也闹，日子却还是明媚的。或者正是因为这样的日子和土地一样又厚又长吧，人就会不自觉地沉在一个习惯里，似乎在这个世界上你可以永远做这个事件的中心。

从小习惯了跟在父母身后，学着做各种各样的农活儿，几乎无一遗落。种瓜、点豆、除草、追肥、收割，我从来不嫌累不嫌脏，也做得最多。可能家家如此，所有的孩子都要学会这些生存的本领吧。可在心理感觉上，做得最多的却不是农活儿，而是过年时和母亲打扫屋子。我们把屋里所有的瓶瓶罐罐及家什都小心翼翼地搬出来，等母亲把墙刷到白得晃眼，连冻带晾地干了，再一件一件地搬进去。一年不落，一件东西不落。再等她为了打扮年、打扮这白，到年集上买回"打金枝""女驸马""年年有鱼"等鲜亮的年画。家里的墙一鲜亮起来，就到年下了。

母亲是一个理想主义者，更是一个习惯说了算的人。她总是把家里收拾到串门的人无论谁来都会说真干净、真好的地步。也总是想把最平常的饭菜做到认为最好吃，衣服穿到最合体，总是想让别人说她的孩子听话懂事。也为这，我们从不敢和人争吵。因为凡有此类事情发生，回到家第一件事，就是不问理由、不分青红皂白地挨上一顿打。

母亲结婚的时候，执意买了一台缝纫机，蝴蝶牌的。我数不清穿了多少件和这台缝纫机有着绝对关系的衣服。有用大人的衣服改小的裤子，有粉红的、亮红的花布料做成的新花褂子。这些记不起究竟有过什么图案的衣服，都是母亲比画着我的身体，认真地裁剪出来的。等她小心地把一块块的花布剪开，然后再坐在缝纫机前慢慢地、一脸认真地、一条线又一条线地缝好。我当时不理解，母亲其实是把我当成了她的作品来欣赏的。

母亲为的是我每次新学期开学时都能穿上一件新衣服，可那时不是所有的同学都能有钱买到花布，还和我一样有一个心灵手巧的母亲。同班同学在开学那天大都没有新衣服穿，为此我也不想全班就自己一个人那么新艳，那么与众不同。于是，少不了和母亲怄气，就是不穿。可每一次到最后，都是禁不住母亲或轻或重的愤怒呵斥，才实在不情愿地穿上，然后低着头，极不自然地走进教室。

那个盛装着我童年所有欢乐和情意的院子，是依山的，更有许多粗粗细细的树木四季陪伴，也同样被母亲打扫得闪着亮光。在那个院子里，收音机里脆生生的《小喇叭》的声音会扬满整个院子，更丰富了我单调的童年，给我的脑神经注入了生动鲜活的元素，一直影响我许多年。在这个院子里，我痴痴地听完了刘兰芳说的叫人身临其境的评书《杨家将》；在这个院子里，我把语文课本和英语单词背得滚瓜烂熟……终于有一天，我考上了一所省级卫生学校，在村里人羡慕的目光中，我走出了那个院子，去城市读书。

　　之所以说那个院子是母亲的院子，是因为我感觉母亲在那个院子里生活的那许多年，相对而言是平淡且安静的日子，是母亲最幸福的时光。每个清晨，第一缕阳光射进屋里，照亮一家人的笑脸时，新的一天便开始了。也许母亲已经淡忘了，也许她根本没有体会那么深，或者说无法如我一样能较为准确地表达出来。

　　多年之后，因为实在困窘，这个院子卖给了邻家嫂子。有多少次，由于实在心疼和想念这个院子，还因为母亲那温暖的呼儿唤女声时常萦于耳畔，一次次在半夜被这个院子的记忆强牵着，突然从梦中惊醒，然后，再也无法入睡。

　　可记忆是无法出售的。不管过了多少年，这个无法在心底永久尘封起来的院子，是真正属于母亲的。

　　尽管它早已物人皆非。

冬日物事

想去神仙山（古北岳恒山），看遍野红杜鹃点燃春的壮观。心疯长成一棵树时，还没有去成。一次因雨半路搁浅，一次因琐碎之事误了行程。头一次去的时间，说起来不怕人笑，竟是一个忙碌后的深冬。冬天，离鲜花竞开还有整整一个季节。三个为了相聚而忽略季节的女子，其中两个嘿嘿笑着，给好看又爱笑的朋友兼司机壮胆，车子就稳稳上了陡坡，直抵山脚。

不肯轻易放下在春天初约的想法。就在这冬山上，放开想象春山之关于红杜鹃的宏大叙事：一份辽阔之美，一份舒展无束之态，定还有一份倔强新生之力。再看一枝枝，不，一丛丛杜鹃枝头，竟然饱满有加。没有认真观察、思考过花枝在冬天的状貌，面对眼前这些欲爆裂而出的众蕾，惊喜而不知所措。或许春天根本不远，或者体内蕴含的流动早已溢枝而出，在枝头要毅然舞动一个冬天吧。

如我一样见识轻浅的心，竟然不懂万物之于冬天的秘密。如果不是这众多的蕾极轻松入眼，还不知何年何月才能拥有这份自然常识。

仍旧是冬天，遇到了漠视自然、无法和自然的属性双向流动的人群。

野杜鹃多生在深山，只有适度气温和海拔，方可成就其艳其好。当世人皆知杜鹃花好时，寻觅这好和美的心就贪婪了起来。城市里的大街上，竟然有了许多从深山中折下的冬枝。几下便捆成简单一束，沿街叫卖，价格不贵，行情甚好。这些远离了深山的杜鹃枝条，空落落地，只余下年时的一瞬花影了。

冬天是一种力，能覆盖和侵吞万物，亦能让万物滋生和新长。

冬寒正盛时，曾因一时心情沉重，穿了最厚的棉衣和鞋，过灯火通明，独自一人步行一公里，漫步上冬山。山间的太阳能灯，有着世间最孤独的骄傲，会尽全力支撑着那抹清冷的明亮。在冬、雪、冷、微光、冬草、树木、天、地之间，要摒弃所有的郁闷，要寻找和凝聚希望，二者要一并完成，就和跨越季节一样漫长，一样沉甸甸。

冷，是要肌体自然承受的。冷到过度时，受到超过弹性限度的外力侵袭，肌体会产生应激反应，刹那间会生出更为强大的力。精神也会在一时间如着了魔一样，迅速复活。这时，会想起家中的暖。漫步到家，不肯睡下的儿子，笑眯眯地和我说："妈妈，看到我发给你的信号了吧？我在阳台发的，发到山上去了。你一定能收着，我想叫你早点回来。"此时的他，宝贝一样紧握着一个半个火柴盒大小的玩具。用手一按，会发出红豆大小的红色亮光。或许在他稚嫩的心里，这光亮是能放射到无限远的吧。这时，一颗颤抖的心会变得暖融融的，还会想起一双小手曾递给我一个碧玉般绿莹莹的玩具扣。他说他买了两个，送我一个，我们就能永远心连心，能知道对方心里想什么、人在哪里。我一直珍存着。

曾陪一位小妹艰难地踩着冰雪去深山里看望一个女孩。这个女孩的奶奶，身染重病，女孩的爹种二亩薄田维持生计。初见这个女孩，她正在读初中。我对这个女孩说，如果她好好读书，将来我供她。我微笑，和小妹一起提着大米和油，穿枯草横陈的乡间小径，直奔那个复古色的斑驳的小院。

半截敞开的木门是他们简陋生活的旗子。几个人正在院心一口锅前，忙着烧肉。院里充斥着极单调的年味儿。那个十五六岁的女孩嘴里嚼着，手指正捏着一小块肉丝。见到我们，一手指着正冒热气的肉瓮，抿了抿油光光的嘴巴，紧着说："你们也吃点吧。"我看着她笑，说："你读初几了？"姑娘又笑，说："要打工去了。""不上了？""上也考不上，打工吧。"还说有人给她找好了，是一个毛巾厂。"真不上了？""嗯。真不上了，打工能挣钱。"

这位小妹看我一眼，我强装镇定地望着她，我们交换着眼神。这个次次见面都说要好好学习的女孩内心已发生了巨大变化。又劝说了许多，仍无济于事。可见女孩心意已定。

走出来的时候，女孩送我们出院门。我的脚步慢且沉。从那天起，再也没见过那个女孩。

那个冬天，分外寒冷。

时间的转速无力计数。今冬，刚刚过去不久的唯一一个雪天。当时算是久未见到的盛况，盼到雪的许多人不顾半夜风寒跑到了楼外，跑到了街上。我和孩子也一样，在院里的雪地上兴奋了好一阵才肯回来。进屋，躺在沙发上想暖和一下时，听到一种与素常迥然不同的声音。这从未听到过的声音，从阳台方向跃入屋内。

笛声？不会吧。

细听，再细听，确是笛声。一骨碌爬起来。头用力贴着玻璃窗，睁大眼睛向外看，急切地寻找笛声的出处。生活的小城简单、粗糙，极少能听到乐音。这极具诱惑力的神秘笛声似从天而降，又是在这个难得的雪天，这么轻易地飞入耳膜。是惊喜，更是意外。

楼下是公路，过公路就是冬日的公园。公园里的路灯亮晶晶的，雪在灯光下便是另一种味道。

终于看到了。

自阳台俯视，正对视野的那盏清辉之下，一动不动站着一个人。灯光下的他，如月光下的雕塑，正站在一个清亮的圆内独自沉醉。和着飞雪的笛声悠扬明快，是与雪相逢后的欢畅吧；是生命的内心越过了雪天，独自站立、尽情放歌的烂漫吧；是站在精神的高原，终于得以与雪，于一份寒夜的旷达中相约时的欢欣与执着吧。穿过雪夜，似看见一颗熟透的果实，早已淡忘了季节，正裸挂枝头，任风，任雨，任艳，任落。

多么难得的一个场景。

虔诚地拍下这一幕，珍藏起来。是寒江独钓，是与雪共舞。那一缕缕纯美的笛声，一定是历经了几世行走，融合天地之大美后，从胸腔里自由自在地倾泻而出的。这流利的雪中飞音与大自然之间，已然在相互倾诉，相互慰藉，早已融为一体。在悠扬的心音洒向旷野的一刹那，也递给了无边的寒夜一份盛大的贺礼。

如果碰巧正在公园里，在雪中漫步，一定会一动不动地站在远处，静静品味、寻找。哪怕只有一缕心灵的感应能与此情此景相契合，也知足了。当真实的生命缓缓移向自然的正中心时，这声音透过夜色，飞过雪原，直抵的是人类精神的最深处、最阔绰处。

对此，我深信不疑。

每个村庄都有一棵大树

一

孤闷的时候，曾去看一棵树。

见到它时，心瞬时有了依偎。坐在那棵树下。背倚着它的干，头顶着它的荫，手心摩挲着它的身躯，眼睛一眨不眨地望着它的叶片。

真的，真想知道，树到底是一种什么样的存在？是从哪里来的？又奔波了多久、多远，才来到这世间，与人相伴？为什么它一动不动，就会让一个人的心静下来？

二

树知道这世上所有的事情。

不要有任何疑问，就算过去了几千年几万年的事情，树都记得，都知道。且记得丝毫不差。

走进一个村庄。一棵沧桑的槐树，是这个村庄最沉重的记忆。我走近了它。五六个人能同时钻进被时间的大手掏空了的树芯。树可并不缺少阳光。从高大的枝间射进的光，仍有着古老的生命气息。厚实的树干是重叠在一起的岁月，村庄所有的故事在这棵树面前，都显得平淡无奇。树的外围是新枝，是繁叶。树不在意这些。树身之上，一根树干正稳稳地托住另一根粗大的断枝。绝不让它落地，一如托举着一份不灭的情感和信念。

这是汇聚了八百年的力量和情怀。

记不住村庄的名字，记不住村里人的名字，却能牢牢记住一棵树，包括它的质地、姿态、神情，甚至于心事。树明白，人类的记忆细胞和树本身有着生生不息的绝对关系。

奶奶曾想建几间遮蔽风雨的土屋，苦于没有正梁。这时，她的弟弟时值盛年，果断锯倒了一棵大树。然后，你可以自由想象：一个男人和一棵大树捆绑在一起，四五十里的山路上，是这棵大树慢慢移动的画面。因为这原生的、始于血脉的力，这棵树便连同它所有的记忆被涂上了另外一种色彩。从此，这棵树上年年贴"抬头见喜"。那份记忆，也随着这份风雨无侵，成了我们几代人坚固的无法撼动的记忆。

自古以来，或许上天为了寻找一种物种，让其既方便又能准确记载天底下的万事万物，寻来觅去，最终把这使命落在树的身上了吧。于是树和自然界的其他物种，就更加不同。我们所走过的村庄，都有一棵老树，威严地站在村庄的中心。

它不动，不语，不执着，不放弃。任风雨，任欢喜。

三

天和地赋予了树的神奇。树从此便携带了大自然神秘的密码。作为特别的物种，作为记录的使者，树的遗传基因是独一无二的。一个民族几千年的成长史，一个民族历经无数次颠簸、苦难迁徙，为了生存而斗争的历史，无一不在这直直的树干里——写就，并传承。这也许就是，为什么有时一棵树倒下了，会有一片树、一堆树萌生、长大的原因。

每当看到一大片一大片树林的时候，很是心动，敬畏之情油然而生。不止一次地叹服，树不负使命一样地生长与存在。

树根、树干、树枝、树叶，是树的容量无限的记忆芯片。树站起来时，就是这样一种构成，这样一种风姿。我们太熟悉它了。可当你偶尔看到从深层的泥土中被掘出的庞大粗壮的树根，你一定会接收到一种令人震撼的信息：这一棵树，到底记下了些什么，甚至于不惜让自己膨胀成畸形也要努力记忆。这也是树超然于人的本真性情。

人世间，最古老的塔楼或寺院都是纯木质的。那些依顺着树的性格所建成的每一座古老的建筑，无论钩心斗角，还是飞檐斗拱，都不能容忍金属的单薄分量。一旦用上哪怕一个钢钉，在若干年后的某一时刻，整个建筑就会倾斜、倒塌，毁于一旦。或许这正是树木本身的纯粹、高贵和独一无二。

大概就是因了这些，树的繁衍又是不顾一切的。风可以把树的种子飞飞扬扬地遍撒，雨可以把树的种子浸泡出情感来，泥土可以把树的种子拥在怀抱里直到把它暖到发芽的温度，水则是使树的种子尽快发芽的钥匙。在生命无奈抵达角落里的时候，树还可以化身千万种存在，担负这神圣的使命，煤炭、泥土、沙石等，都包含着树的因子在持续，在扩延。

村庄的老人们，也是一棵棵的树，也携带着智慧的密码。当他们老去之前，除了把生存的秘密尽数教给子孙，还要带走一棵树。然后，再和这棵树一道，走向另外一种新生。因了这些，村庄里的大多数人都会在年轻时植下一棵棵的树。

一代，一代。树就是这样的智妙与顺从，就是这样的持恒与精确，缓缓地承接着它的使命。不诉，不悲，不怒，不停。

四

　　树知道，自从领了命，它就应该把事情做到真实。

　　永不请辞。

　　每个村庄都有一棵大树作为标志和象征。村庄越老，树越粗。没有最粗，只有更粗。太多的村庄，发生了太多的故事。欢乐、高贵、富有、美好、和平、流血、虚诳、孱弱、争夺、苦难，只要世间的这些存在不止，树的使命就不会休止。

　　树知道，只要人类能用心破译它的语言，透过年轮，走近它真实的灵魂，它就会毫无顾虑地把在岁月长河中记录的一切，完整地公布出来。

　　树的根直伸向大地，向四面、向纵深。是直立，是探究，皆是向暗处。越到深暗处，扎根越是艰难，越是广阔，树上的部分则越是明亮，越是青翠。树知道，千年之后，或许会有一缕光亮，破土而出。

雨后的兰草花

　　胡同里的月光高高的、窄窄的，感觉离地面更远，比公路上的月光更干净。在拐往小区大门口的正对面，紧靠墙根的一小棵兰草花，在角落里，正与月光相互映衬。在此时此地的静中，恰似一束从暗处投射来的蓝光，直入了人的心灵深处，顿觉时光幽美无比。

　　我注意这棵小花很久了，一是因为家和单位相距很近，二是因为这棵兰草花是我到单位路上的唯一风景。所以，每次从它面前经过，都会虔诚地看它的变化，看它今天又是个什么模样。

　　这条胡同外是一条大街，说是要扩街，要修路，却四五年没动静，慢步走过，依旧是浓尘翻滚，面目皆非。整条胡同似乎是这条街道面容的延伸，根本分不清楚哪一条是要修的土路，哪一条是被土遮住了的水泥路。不论有没有车经过，眼睛里都是灰突突一片。

　　兰草花的主人是一位老太太，在我搬新家之前她就一个人住在这里。那是一间临街的屋子，倘正好赶上老人进屋，屋内的简陋陈设便可透过门帘展露一二。这尘土飞扬的胡同，这简陋的屋，还有那位略微驼背的老人，更加重了北方冬季的萧条与落寞。冬季老人的屋外，似乎除了尘土还是尘土，过往的车子也是载土而过一样，风尘仆仆。屋外对面是小区的车库，车库外有两个高大、空心的水泥柱，每个圆柱内都植有一棵冬青，远远看来，也弥补了不少单调。冬季的老人和落光了树叶的榆树有相似之处，干得皱巴巴的，水分都被风吹走了一样。老人的全部生活就是吃饭、穿衣等活着的基本内容。偶见她的孩子们来，也是时间不长即匆忙离去，依旧留下一个移动的枯木一样的老人，独自守着这间灰砖的小屋。阳光特别好时，老人会将洗涮过的衣物晾在那两棵冬青的上面。其实，依着高楼的冬青日晒时间并不长，可和老人的屋子相比，它就是另外一个天际。

和常人不同的是，这位老人从不抬头看路过的任何人。也没有哪个动作或者表情，有过哪怕一分的暗示，她也不需要和人高声地聊上几句家常。不分季节，老人的衣服也多是灰暗色调，给人一种与周围环境分不出彼此的感觉。所以，路过时不免会夸张地想，又有谁会在意，这里还住着一位少言寡语的老人呢。

春天是慢慢暖起来的。可对于我来说，又像是一夜之间的事。因为，我看到那位老人的屋子的低矮台阶下，在台阶和前墙所围成的角落里，剪成半截的破旧塑料油桶内，有一朵蓝色的小花开了。什么时候种的花？花开了，还是那种迷人的淡蓝色。

讶异之余，我把这位老人和屋外环境的印象全部分开，这朵蓝色的小花，这朵正开的蓝色的小花，是每一个人灵魂深处的泉吧！

不知道老人有没有读过诗。老人也不知道，这朵小花会让一个我这样的路人，感受到普通生活之外的另一种颜色。

这里的一切，似乎都不同以往了。

日子还是日子。老人的行动和生活还是那样安静。兰草花的娇柔盛开，依旧抵不过扬尘肆虐，正在花期的小花，也蒙上了一层厚厚的尘土。

可是，我看到老人有时把这棵小花放在窗台外面，有时又挪回原地。她对小花牵肠挂肚，总是不停地挪动它。总之，在她平常的生活之外，这位老人和这棵兰草花缔结了一种重要的、可以随意亲近的关系。

随着尘埃增多，那朵花的花色越发淡了，整株花和叶沧桑尽现，像被遗弃在角落里孤零零的杂草。这时，这里的一切似乎又恢复了原样。老人生活的调子依旧缓慢、单调，和那朵花没开之前一样。我对兰草花的印象，也开始时有时无。

生活就是这样。对某些事物的印象，是由人心将其割裂或合成的。那是一个雨天，雨点有着十足的韧性，以至于时间不长，整条街道都如沐浴过一般。

雨后的我，再次路过那棵兰草花，我看到的是一种来自遥远的鲜而明亮的神采。雨水濯洗后的花的近旁，那位老人更深地弯下腰去，一动不动地凝望着那株兰草花。

笔砚成景山水媚

山形隐约的初冬，黎明到来时，我怀揣着最简单的希望上路了。如此精心安排奔赴一个小山村，是为了当清晨第一缕阳光射进时仰视那个充满蓬勃生机的山村。

在记忆中加了着重符号，久违了的山村，我又看到你了。

远远地，能听到鸡鸣狗叫，能看得到辛勤的人们在那幅凝重图画的某个角落，轻轻地走动着、劳作着，这使得这幅画愈加鲜活。

惦念着村庄的后山。山尖上，有这个村里的人们沉甸甸的希望。也许是因为明白了要在书上找到脱贫致富的办法，要在书上找到真理。也许你们还记得清道光年间，因贫困被诬陷"抗税不交"，继而被治死罪的同姓族人。所以，全村人一致同意，在村后的山坡上集资修建了一支硕大的"笔"。这支笔，是全村人共同的信仰，直挺挺地立在村后的高冈上。

我在想象，这是不是多年以来，全村最容易组织的一次义工，也是最热情洋溢的一次劳动呢。

山里人的朴实，山里人的向往，在合力修建虔诚的希望中，在汗珠子砸在黄土坡时，如约地绽放了。

还听说，邻村的乡亲们因为怕你们的笔会影响了他们村的风水，不能容忍，继而喧嚣不止，差点儿用最原始的方法来解决。

当仅有一河之隔的对面山头，出现一个硕大的"砚"形建筑物的时候，这支高数米、要几个人手拉手才能合围的笔，才得以安静地矗立在这个村庄的后山上。

乡亲们终是相敬的。他们商量好了，有笔的村，有砚的村，互不相干，也互为增长。

我的心，再一次激动起来，再一次为山里人激动起来，似乎看到一个巨人正用力握着那支笔，蘸饱这砚里的墨，挥洒自如，在一片多情的山水之间，书写着最动人的情感和追求。

是笔，又是信念的旗帜；是砚，又是宽阔的胸膛。笔砚成景，在这里，我第一次看到山水如此妩媚的笑靥。

仰视这里，顺着思维轨迹滑过的，是完全震撼我心的存在。我不由自主，不需要什么理由，只是真切地站在这里，默默地祝福着这个山村所有的父老乡亲们。真的，一定会如你们所愿，这里，会英才辈出的。

累累的果，会填满老辈人脸上深深浅浅的皱褶。

远远看来，这里平实得不值得停留。走进去，却能感受到如水的平静之下生命不息的律动。亦如伟大的作家用最简朴的语言组成的最有哲理、最让人心动的文字，不由得对这里的山村更增添了莫名的爱意。

身后的山村，渐渐远去。我仍在回头。

第二辑　石间的生命

当石头被赋予了使命之时，它便有
了心。

倔强的时光

像一只随季节迁徙的候鸟，每年秋末，奶奶总是从家乡飞到姑姑所在的城市。

记不清从哪年开始，奶奶就一直这样，冬去春来，辗转度日。姑姑说只要她愿意，一定接她。奶奶呢，似乎也很乐意这种生活，在家乡能看到青山姿采，看孙子孙女们来来去去；在城市，能享受到如春暖流，看外孙外孙女们的盈盈笑意。大概是心理惯性所致，每近冬天，奶奶就开始念叨，并掐指算着，到底哪个吉日姑姑会来接她呢。

奶奶九十多岁了。说奶奶老吧，奶奶心明眼亮，能吃能喝，能直直地走路，能深深地弯腰，两次严重的脑血管病都没能打倒她。至今，生活能完全自理，说起话来还爱和人绕弯弯、斗心眼儿，被梅表妹戏称是个聪明的"九零后"。说奶奶不老吧，在我前些日子陪了奶奶两晚之后，我才真正意识到，奶奶真的老了。

奶奶老了。不止一次奶奶在客厅里打转转，找不到卧室，还见奶奶曾指着镜子里的自己喃喃地说："那里面有一个人，我做什么她做什么。"

还伏到镜子前，脸贴脸，一本正经地和镜子里的那个她嘟嘟囔囔地说话。见此情境，我心里很是难过，这就是总是小跑着做事情，一人拉扯四个孩子，一天编一张苇席，从小带我走山跨梁、奔来奔去的奶奶吗？

不由恨起了岁月。

我是个跟奶奶长大的孩子，一岁多断了母乳，和当时五十多岁的奶奶一起生活，直到初中毕业。所以，渗入我生命中的点点滴滴，绝大多数来自于奶奶的教诲。我曾反复审视过对奶奶的那份爱和依恋，其实，演绎的是母爱。有什么办法呢？我无法欺骗自己的心。在我执意要和奶奶睡一张床，好能顺便看护她一晚时，姑姑自然同意，并笑着交代说："晚上不能让她去洗手间，给她拿尿盆放在床下，你和她头对脚倒着睡，否则半夜三更她会把尿撒在你头上。""不要这样吧，这怎么能行？"我看了奶奶一眼，她的耳朵已听不清这些对话，可这话却扎在我心上。从小在奶奶被窝儿里长大的我，怎么能这样呢？她是我的奶奶呀。"只能这样，否则你睡不好。"姑姑说着坚持按她的意愿替我铺了被褥。

常见的老年性膀胱括约肌麻痹，并没有饶过辛苦了一辈子的奶奶，生产过多次的奶奶，尿频症状更明显。在我没躺下之前，奶奶已起身了几次。就在这扩散足了尿酸的味道里，在奶奶低微的呼吸声里，我脱掉外衣，钻进了奶奶的被子，搂着她，紧贴着她的后背。

不知奶奶是不是忆起了小时揽着我的感觉，奶奶不说挤，不说热，只说了句"就这么睡吧"。岁月啊，曾经有多少个夜晚，我就是这样在奶奶的怀里安静地进入梦乡，在奶奶的体温里延展了筋骨、敞阔了头脑的。不知过了多长时间，奶奶在我的怀里渐渐安静了，呼吸匀和。慢慢爬起来，我悄悄钻进自己的被子，需要说明的是，这时我的被子和奶奶的被子，是头对着脚铺开的。

倦意袭来，我轻松入梦。梦里八九岁的我正和奶奶东奔西窜，在广袤的田野里，兴奋地捡拾着队里丢落的秋天的籽实：几粒红豆，几粒黄豆，几粒绿豆……

"啪啪……啪……啪……"刚走进梦中的我，即被拍打被子的动作惊醒了。东一下，西一下，没有节奏，不停顿，一下，又一下……

"冷吧，你冷吧，我给你盖盖。"一连串略带嘶哑的声音传来，我意识到是奶奶下意识的动作。突然被惊醒的我，一动不动，更不想说什么，任凭奶奶一下接一下有节奏地拍打着。

再也没有睡意了。思绪骤然折返，随奶奶不停地奔行在了山间的翠绿和金黄里。

"这不是脚吗？来这边睡！"伴着这声音，奶奶的手已钻到了我的被子里，紧紧地握住了我的脚趾。握住的一刻，"哈哈，呵呵"，我听到的是奶奶久违了多年的笑声，一如小时候她不住地胳肢我时的笑声。"哈哈……呵呵……"我被这样的笑声暖暖围住，像是寻到了幼时玩丢的什么宝贝，又像抓住了遗失多年的重要物件。"一二三四五，五四三二一。"奶奶握着我的脚坐了起来，从左到右，又从右到左，缓缓数我的脚趾。

心里狂泛起阵阵酸涩的涟漪，我本就不该和奶奶这样分两头儿睡的。奶奶嘴里没说不同意，可是奶奶心里能同意吗？换作别人，奶奶可能就忍了，可是我不是别人，我是她从小带大、伴了她十几年、每一寸肌肤她都抚摸过的她心爱的孙女啊。

奶奶真的老了。透过她手中手电筒的光，奶奶看到我也坐起来，又高兴地笑出了声，完全没有了时间、夜和当年怕惊了我的概念。奶奶笑成一个孩子，目光柔和，是我来到这个世界时，迎接过我的柔和。此时，这份柔和，充斥的是我来看望她的欢喜。她的眼睛里只有我。

我的奶奶此刻一点儿都不糊涂，一点儿都不糊涂。

我和奶奶坐着，面对面，对视，她看着我，我看着她。她呵呵地笑，我也呵呵地笑。面对着她的欢喜，在这沉厚的冬夜，我把奶奶轻轻拥进怀里，我抱着她，她倚着我，头伏在我肩上，我一手轻拍她的肩一手关了手电筒，我想让她安静下来，让她睡一会儿。因为路灯的微芒，我瞥见墙上的时钟，已是后半夜了。

奶奶还在时不时笑出一两声，我笑不出来，我的眼睛已被从心头泛起的各种滋味完全浇透。一直和我比个子的奶奶，发丝晶白，脸眯笑成一朵无忧的菊，正伏在我怀里如孩子一般安静。我告诉自己，不能让眼泪流出来滴在奶奶的身上。奶奶，我们头挨着头睡，还和从前一样。

我松开奶奶，将棉被和枕头一并抱转。

我扶奶奶躺下。几乎是同时，奶奶早把摸到的手电筒打开，又关上。不料刚关了手电筒，她突然又将屋顶的灯打开，转脸骄傲地看了我一眼，眨眼又关了。尽管只是一瞬，我还是捕捉到了奶奶脸上的那份自信的神情，她仿佛在说，看见了吧，我哪儿的灯都能找到，我还不老，聪明着呢。我真的听到了，听到了奶奶和岁月搏斗的声音。

再次躺下，奶奶背对着我。为让她感觉到我的存在，我探出一只胳膊用力搭在她身上，她一只手早紧紧地攥住了我。又一段时间过去，睡意极浓的我感到奶奶的手稍松，想抽回，没想到她不但猛地用力又攥紧将要"逃跑"的我，还用另一只手在我胳膊上开始不停地上下滑动，嘴里也开始叹息地说："胳膊冻得真凉，胳膊冻得真凉。"奶奶话虽这样说着，却丝毫没有让我把胳膊缩回被子的意思。我呢，再也没有把胳膊缩回的想法。就这样，我一只手被奶奶半握着，胳膊强伸得直直的，在我和奶奶之间架起了一座桥，且能清楚地感受到相同的血脉再次相逢之后和缓地流动。

"你冷吧。"奶奶说着松开我，翻身又坐起，把她身上的两个小被子往我身上挪盖，动作是那么轻柔、坚决、有力。暖流阵阵扑来，可我能反抗奶奶说，我很热，不需要盖了吗？我不能，我没有说一个字。

一层，又一层，奶奶为我加盖的，是总觉得不够浓厚的亲情和牵挂。

"你冷吧？"是奶奶的声音。

"你冷吧？"是奶奶又坐起来拍打我的被子。

"你冷吧？"随着这声音，奶奶又在用力替我掖着被角。

"你冷吧？你差不多快三十了吧，"又是奶奶的声音。

"你冷吧"……

墙上的时钟不知疲倦，也动情地附和着奶奶的自语，嗒嗒嗒……

天越来越亮了，整个空间里充斥的是奶奶无法自抑的动作，是奶奶生命里最执拗的"你冷吧，你冷吧……"的声音。这从血脉深处喷发出的声音，不会老的声音，永驻在时光里，宽宏无比，穿透岁月，倔强地润抚着我的生命。

"你冷吧？"

"你冷吧？"

天越来越亮了。奶奶一宿未合的眼睛，睁成一盏灯。

清晨了。

光线从窗子里探头射进来，先经过奶奶，又照到我身上。体会到时光之倔强，我将心打开，彻底融化。

石间的生命

题记1——几乎所有的石头都是坚硬的，坚硬到要用金属的利器开掘它的性灵。

题记2——当石头被赋予了使命之时，它便有了心。

我们当地人都知道，这座山上有石洞，石洞内有石佛。

石佛年代久远，传说始建于隋唐时期。山的名字因山顶之石状似卧佛，而得名石佛山。石佛所在的寺院名叫红叶寺。应和石头有关吧，山上的洞是石洞，洞内的佛是石佛，所以远远近近的人，随着时间推移，就自然而然地把这里叫作石佛堂了。可我一直认为，这石山之上，这石佛洞中的石佛，以及石佛堂一定有过更庄严的名字。

石佛堂的山下是烟火缭绕的村庄。远远近近的村庄不少，可如果认真追溯起来，当年这石佛刚雕塑好的时候，周围的村庄是不是更稠密一些呢？也一定有更多的善男信女吧。

没人听到千年之前，在这高山之上，当人心、金属与坚石相互缠绵之时所迸发出的金石之音，是如何把一块土地修茸得青翠茂密的。又是如何把诸多的人心从困苦、失望，甚至是绝望的日子里打捞出来，引往这一片由坚硬生出的柔软、平静之地的。

没人考证这些，没人记录这些，就像平日里常见的，风吹之后那些风吹不走的东西才会倔强地停下来、留下来。留给眼睛，留给心，留给后人。而后，再慢慢滋生出更为崭新的生命来。再反过来，滋养心，为凡俗的生活建一道强力的支撑。就像这些石洞，像这些石洞内的石佛。

真的无法估量，从石佛诞生之日起，究竟有多少人来过。来到这高山之上，默默地磕几个头，祈求平安，然后在石佛专注的目光中汲取到了更多的生的力量，再满心欢喜、从从容容地下山去了。在诸多佛洞外的石墙顶部，见到许多风化的巴掌大小的石佛，如今只能辨别大致模样了。可是，不管岁月如何磨砺，只需一眼，你仍能轻松认出那是一尊佛，那是一种遵从了自然意志，和芸芸众生一样因为生命感召而顽强存在着的形象。你断然不会只当它是久栖山间的一块小小的山石。

就是这样，人心被虔敬地挪移给了石。石，也就生出了生命。

一位同事结婚近二十年，年年夏天都要抽出一天时间，将孩子托付他人照管，双双流汗爬坡，到这石佛堂中求个平和长久，求个举家安宁。还有一位从不礼佛的友人，也是在见到这历千年而不改颜色的石佛之后，竟然心静如归，认认真真地礼拜了一次。至此，我更深信不疑，这石间的生命力已经远远超过了史册的长度和厚度，是汩汩流淌到人心深处的更为有力、更为鲜活茂盛的生命。

举目遍野之苍翠，似感觉正有密密层层的生命，正慢慢从草皮底下，跨越千古，从石间源源不绝地生出来。

来过许多次了。且每次来，都会遇到许多的同行人，沿着这崎岖窄小、呈四十五度角的山路，爬啊爬。带瓶矿泉水，边走边喝，倘适时，还会有酸酸甜甜的桑葚和树树甜津津的金色山杏，伴你一路。更会有许多不知名的树木花草默默和你同行，你不会感到孤单，也不会感到山的空旷。在你未抵达之前，已由不得你，早已身归原野，心归原野，将周身所有的欲望和忧愁完全抛在了山下。

山寺中常住着两位出家人，朴素、安静，一不叫人求签，二不给人算卦。也遇到过不知规矩的游人曾误撞了寺内的大钟，也断不会让撞钟和钱产生过一丝一毫的关联。只是轻轻地劝住，请求遵些清规而已。所有的游人们，来去自在。焚香、磕头，自便，所祈所求的也只是人心的重量，与这洞中石佛一样不会随岁月增减改变的恒定的重量。

来这里的人越来越多，石佛的名声也越传越远了。我自然清楚地意识到，这和石佛的年代久远有关系。只是在石佛和人心之间，我还没有完全体会到那一条路到底通畅到什么程度，又是什么东西在冥冥之中绝妙地打通了这条路，并让这条路永无限制地伸延，通向明亮之处的。

曾经，为数不多的人心激活了一座山上的石头。这些石头又历经千年而不改初衷，从此源源不绝地生出新的力，再重复集聚着数不清的心，并将这心引领到了这山的最高处。

虔敬地凝望着石洞内一尊又一尊的石佛，穿过它们古老且智慧的目光，试图寻找时间的密码，想探究它们是如何在久经岁月风雨之后，依旧那么平和、坚定的。

出佛洞，向右，一直沿行迹向上爬。倘想不虚此行，就直爬到山顶。深吸一口气，环望山顶，宛如一整块巨石呵护着寺院。这时，你不得不惊叹山顶的橡树了。山顶全被石覆盖，又全是成片成片的橡树。真可谓奇观！

这时，我想起丰子恺先生笔下的松和石髓。细观眼前的这成片成片的橡树都扎根在石缝中，无法估量它们已经长了多少年。不得不叹服造物的神奇，有石、有光、有雨、有空气，这树便在天云相接的地方，在石间扎了根，发了芽，一直长，冲着天长，长出了一种不垢不灭的精神。

我低头，在山顶捡拾到几颗橡果，十分坚硬，像来自远古。想来，和别处的橡果也不同吧。

我坚信石间会生出生命。

这些石间生长着的成片的橡树林，正静默在秋风里，阳光一来，便明艳艳的一片。

奇美的天生桥瀑布

题记：亿万年前，大自然悄然娩出一脉气势。峰峦壮阔，云雾扶荫，纵水成瀑。敷芳倚翠处，九瀑成景，瑶台桥生，在烙印着古老信仰的太行腹地，幽享着它独有的清欢与静谧。

俊美的山间，泉清歌飞，一路畅奔成瀑，瑶台桥生，桥瀑一体，蔚为大观，独一无二，这就是阜平天生桥瀑布群。

它是千年的隐士，不要费神在古书上寻它。出阜平县城，向西南25公里处，一位老人偶于绿莹莹的深谷发现了这一天然景秀。经专家勘定为中国北方地区最大的瀑布群和变质岩形成的中国最大的天生桥。其间森林覆盖率达48%，是国家级地质公园和国家级森林公园。因地理位置优越，享有"五台东门户，京津西花园。华北古基石，绿水济平川"的盛名。

毫不夸张地说，天生桥瀑布群是看不厌的。

如果不乘缆车，柔爽透映的溪流将伴你同游。你会小立，望天云之净蓝，思绪飘飞，更会迫不及待地举步。没有夸张做作，除了一条蜿蜒石路和景点简介牌，和初生时一样，没有匠气、没有修辞，一切皆自天然。

身处画卷，溪头忽现的美随处可见，可倚石小歇，可挥水戏蝶，溪流潭瀑姿态各异，或咆哮或轻舞，"人参娃""通天梯"等神话传说趣味无穷，倘有心，还能在一抹新翠的近旁，凝视溪水击打冰柱的奇妙之景。

待听到水声轰鸣，心头一震，精神头儿顿时就来了。鼓足力气迈步，再近，冷气扑面，再看九瀑之最的瑶台瀑落差有 112.5 米，正从天生桥下自由泻落。水盛时狂奔如注，如龙腾飞；水少时飘飘洒洒，如仙侠之女将一条白练舞到出神入化。夏风习习时，冷不防会有阵雨来袭，雨歇雾起，瀑下彩虹忽现，于瀑底架起另一座梦幻之桥，供游人神欢。此情此景恰如神安好客的山里人，让游人倍感亲切。

林荫庇护下，来到天生桥上。横跨瀑布的天生桥形成于 28 亿年前，桥长 27 米、宽 13 米、高 13 米，体形健硕，长背微拱，桥体是片麻岩，桥面是伟晶岩，体固质坚。桥面生有树木花草，宛若农家庭院。立在桥上，仰面瀑水飞驰，激情倍增。转身坐在桥上，面向万顷碧海，极目天舒。更有传说令人遐想，据说人在生前定要在这桥上一坐，否则死后还要补这一课。是传说，不足为信，却让这桥多了姿采，添了生动。任谁游至，都在桥上小坐，似在了缘。倘逢秋节至，或买或与松鼠抢摘些野生猕猴桃、野榛，坐在桥上慢慢品尝，就是神仙了。

从桥内侧移步桥下，目穿桥洞，可仰观云天神秘、瀑水急骤，可俯视苍山如海，以及瀑水急泻，你会不禁叹服自然之神笔。

过天生桥，向上一路攀登，落差皆在 50 米以上的情侣瀑、三叠瀑、琼浆瀑等，瀑瀑相接；藏兵洞、观翠台等，景景相随。拨开云雾，能直抵海拔 2144 米，素有"百花、百草、百种药"之称的百草坨，一览13000 多亩以松桦为主的原始次生林。值得一提的是山背面有个叫辽道背的小村子，一直被《宝莲灯》的故事点亮着。

神思飞驰，自上而下，你会体悟到一曲绝美的自然之歌：山顶芳草美甸如悠然拉开的序曲，缓缓轻轻，清雅绝美，诚心铺陈着什么，听之稳心静意。紧跟着，不等眼神完全舒缓，一瀑，一瀑，梯次奔行，如绵延之心语，徐徐渗透；待你移情止步，意醉神迷时，一帘激情飞扬的巨幅飞瀑在幽幽山间掀起巨浪，演绎出的起伏跌宕的和弦是此曲的最高潮，让你的心灵在得到抚慰的同时，进入化境。

漫思人的一生，应与这山水不移、有张有弛的慷慨乐音有异曲同工之妙吧。

一野碧绿，一列飞瀑，一架石桥，叠美成韵。林海松涛，草香花静，相衬相依，奇美的天生桥瀑布群景区，就成了人们心中悠远的念想。

荷约

见到荷那一刻，越发后悔自己来迟了。

与荷轻轻道声："实在对不起。"面对着整个荷塘中那些仍在等我的各色的荷，和那些等我不到、为追赶时光丰硕起来的莲蓬们，发自心底地笑了。笑因自己失约而略表歉意，笑因相逢时实实在在的欢喜。

好在，我认真，细细地，看了又看。没有一朵荷，没有一片荷叶，因我的迟，面含一丝愠色。于是，我再走近。

在与众荷如此近的静中，我见到一朵虔诚等我的淡黄色的荷，每片花瓣的边上均细镶了一圈淡淡的胭脂红，我叫不出它的名字。只是，望着它，看着它，眼不离地看着它。看到它亭亭玉立、娇而不艳，看到它众绿丛中还带着的娇羞态，看到它一身素裹温温婉婉，宛若出浴之美人，尽在这无语中，领会透它"出淤泥而不染"的高贵品格。

一阵雨又来，打在撑着的粉色雨伞上，打在荷叶上，打在眼前这池荷上。雨是为荷而来的吗？若不是，为什么在荷叶的迎接中，几滴便会聚成一汪晶莹剔透的珠，滴答……滴答……一阵雨遇到荷，为什么会有如此绝妙的音律？在荷塘中高低起伏，抚慰人在尘世疲惫了的神经。自此，认定这雨只有打在荷上，才会如此纯亮，如此动心。此时，对雨几天来阻挡行程、遮蔽视线的无心，彻底放下了。雨打荷叶，叶愈鲜，粉红嫩黄更精神。雨，荷。荷，雨。竟感受到一种前所未有的雨荷情韵。

细雨渐次不停地滴落。如是，缓缓浸润并持续冲刷着原本净洁的荷魂。驻足凝思，这满池荷在雨中的又一次洗礼，于人，成就的则是另一种精神上的着力灌溉呀！

想荷的人，究竟有多少故事，有多少七彩的心情，会在这绽开的各色荷的畅想中激情飞扬。又有多少不愿说出的心事儿，等见到了荷，才慢慢叙说。

路边，一树树细长枝丫，不惜弯曲过度，遮蔽着人行道，向着荷塘方向劲长，明示着凡心抵达不到的情感。这不，一位结满头霜的老人，在一个年轻姑娘的伞下，执意要自己拍下一朵又一朵的荷。只不知，她年少时，有多少笑与荷相牵相系，有多少梦与荷相关相连。

背驼了，腰弯了，眼中那一束辉光却不减当年，我不忍扰了这位双手紧持相机、不住按动快门的老人，疾步走到较远处，将这位老人虔诚的身影和她与荷相约时明眸闪烁的激情，保存在了我的心里。

更近了，触手可及。用手摸到几片荷叶，厚实，宽大，恰是雨刚润过，增添了一丝湿润的感觉，朵朵嫩粉红荷在眼前了，刚要触到花瓣的手紧缩了回来，不是想起周先生"不可亵玩"的叮咛，而是确实于心不忍。它珍珠般透明的心，在远处便可明鉴。

路旁的音乐播放器中，传出的曲子竟是《荷塘月色》：剪一段时光缓缓流淌 / 流进了月色中微微荡漾 / 弹一首小荷淡淡的香 / 美丽的琴音就落在我身旁……谁为我添一件梦的衣裳 / 推开那扇心窗远远地望……游过了四季荷花依然香 / 等你宛在水中央 ……此时，宛在水中央的不是几千年前的蒹葭，而是或正开放或已成了莲蓬的荷呢！

我和同行友人对视，默契一笑。想这护园人，想这园艺家们，竟精心到这种程度。

穿过"江南的烟雨小巷"，一处水光明亮处，只有不多的几片荷叶浮在水面，两朵白荷花在水中相依绽放，它们的四面皆是水，离最近的荷丛有十几米，它不孤独吗？不，季先生说过，"天地萌生万物，对包括人在内的动植物等有生命的东西，总是赋予一种极其惊人的求生存的力量和极其惊人的扩展蔓延的力量，这种力量大到无法抗御"。信了吧！过不了多久，它们便会多起来，会叶儿连着叶儿，花儿连着花儿，不间断呢！

终是要离开这荷塘的。是不是有荷也在背后唤我？

柳枝轻飘。细雨微凉。才忆起，今儿恰是"立秋"，怨不得荷，是我的节律慢拍了。

面对六百亩荷塘、三百多种荷，我真挚而情衷。环荷塘，慢步绕行一周，算是与荷失约后的弥补吧！说好，明夏准时看你。看你如何从泥浊中，挺起一枝洁净。

前行，唯有不舍，还是不舍……

遥远的秋天

不知秋何时来的。

玻璃窗外的天高了，远了。蜷在床上，我痴望着能看到的这条街和街两侧的楼房，在我有限的视野之内，此时的它们身姿闪亮，淡雅真实，活脱脱像一个安和女人的脸，素净，平和。可叹的是，终是无法让目光穿透这秋，一如此时的我，无法真实地走进秋天一样。

秋天了，在心底最宽阔的地方，到底还存着什么。

秋天，曾是一个多么丰富、多么鲜艳的季节啊！对于农家来说，一年一度的秋天，枝头果硕，庄稼含羞，都化作了金黄的笑脸呢！把日子或有情或无情地都打开吧。远去的秋天对于我来说，亦曾是一个多么沉实、奔放、有趣的季节。是秋天的广阔滋养了我的性格，是秋天的色泽绘成了我心灵的颜色。

和男孩子一样在地里玩耍，帮秋。说是帮秋，其实是一颗青涩的心热腾腾、急切地扑进自然，依偎自然的过程。心神放松，从玉米秸上摘下一大穗一大穗骄傲的玉米，并随手抛出优美的曲线，看它们咣当落地，一片片金黄就聚成了太阳的颜色。空隙里，低身细看那些叶绿色、柔软的虫儿们，无助地爬来爬去，再用随手捡来的小木棍儿逗逗它们，看它们如何伸缩爬行。就这样，再抬头时，那些密麻麻一人多高的玉米、高粱会被各家收割干净，土地平整了。

为让土地来年有收获，所有的人都虔诚地低着头，迈着匀实的步子，流着豆大的汗珠，把大把的小麦撒在地垄里。看吧，过不了多久，这平整的土地上会诞生出一片碧绿，养心养眼的绿。

地底下的秋天，则是另一种携带着秘密的喜悦。和父母一样，不停地一下又一下，用尽全力挥着镢头，将那些深埋在地底下的色泽鲜艳的红薯一一刨出来，看它们安静自然地躺在土地上，空气中便都是欢乐的因子，悠然悠然地飘浮着，跳跃着。劳动得极累时，还会将一身带土的花衣服铺得展展的，躺在那些庄稼的绵软里稍作休息，又开始笑着牵住秋天。

看吧，在梦里，那一群群把家和孩子、把自己收拾得妥妥当当的女人们，脸上开着一朵又一朵艳丽的花儿，笑着从秋天走来了。就连各家屋顶上的炊烟，也满是秋天的味道，抚慰着整个乡村人的心情。各色的豆儿、花生、烟熏过的软香的红薯，缭绕成一脉秋色，在记忆里凝成一种永恒。

我知道这一切再也不会属于我了，有些东西，过去了，就过去了，永远没有再回头的那一刻。

母亲来了，送来今年秋天的两包花生。一包是用盐水煮好的，另一包则是刚刨出来未经水洗的。这两包花生就是我的秋天的全部颜色了，看它们密密地挤在一起，毫无保留地向我展露心情，诉说秋语。我一下子被感动，捧起一捧，细看那些附着在花生麻衣外面的细小的沙土，我知道这是最不容易被抖掉的那些，它们黏附在时光里，即便不知自己要去向何方，也这样执着。心开始隐隐作痛，这个秋天的心事，一波又一波，即被这一抹秋色勾出，随之浩浩而生，急剧奔泻……

窗外，几只叫不上名字的鸟儿飞旋着，迅捷地淡出我的视野，它们是衔了我的秋天远去了吗？

秋天，对于我来说，真成了一个遥远的概念了吗？而今，我在秋天里，却不知要寻找什么，多么令人尴尬！

秋天了，一种因了时光而心生的惆怅，开始无限蔓延。

秋波潭记

仲秋入夏庄，行至大弯村南百米路北，略开阔，有巨石为志，绕石前行，小径隐约可见，溪草丰茂，秋意阑珊。

约百八十步，迎面高山石壁，疑无路。觅径东南，河中两巨石近方形，大小一致，似神力劈开，姿态趔趄，皆后仰状。叹，天然秋波潭门户所在！复观二石之间，一石匍匐，状如渡客神灵，又做门庭阶石，溪水分流。抬望山色神秀，碧天悠远。

复右行，闻水声如泻，谷口现奇观，似天牧群灵。但见诸石大小不一，形态各异，无棱无角，罗列匀称，悉数尽现。细观，皆纹理暗缀，有潜龙，有鸣鸡，有立柱……石色纷呈，多青白交辉，层叠相映间同生共栖，坚重、婉柔之性兼呈，神情俱见矣。众石间清流奔放，好不自在。

踏石折行十余步，小潭忽现。潭上跃然一瀑，高二丈，水势宏盛，源源不绝。瀑下生一小潭，名曰秋波潭。

矗立潭边，三五巨石聚水成潭，潭深数米，色如绿釉，清透见底。瀑上阳光斜入，水光交融，秋波盈盈，幽清奇妙，美不可言。潭上，黄绿相间，秋色炫目；长天高净，一片纯蓝。

置身其中，似与外世间隔。唯满目坚石、一潭碧水，情归四时，静享其妙，乐不可言。

情思远游，复眺潭上，曲径通幽处，其源终在。噫！山水之美，莫过于此矣。

紫色的守候

山高处的秋，轻易便将素日里的艳丽色彩风干了。

只剩下了紫。片片紫，束束紫，颗颗紫。安然的、倔强的，统统在原地凝望、守候。当眼睛被高山上的紫色完全遮蔽、浸染之时，心一下子走进了班得瑞《安妮的仙境》的旋律。

不同的是，这山巅在紫色映衬下的自然舒顺之美，虽无静夜中的明月相伴，却比那支婉柔的钢琴曲中的梦境更胜一筹，因为它那样真实、鲜明地裸露在众人的眼前。

秋，是紫色的季节。

是一袭紫月的笼罩，抑或是这世上种种的紫色梦幻都聚拢到此了。否则，为什么这个时节的山间将其他颜色的花都替下了。

如铃的紫、如梅的紫、如菊的紫，以及说不出什么形状的紫，太多了。为什么这个时节、这个高度上的紫会这般宁静地安守着，以一种冷艳出场，并高高地站立。

被一种无法形容、叫不上名字的紫色花，感动。

它有着宽宽的叶子，从根部生出一条长长的茎，直向青天。不断地随茎长着、开着串串紫色的美好。看到它，你会想到，那茎长多长，那花便会开多少，那紫是一定不会抛弃那长长的茎的，那茎也为了紫花写下长长的诗行。

凑近了一朵，细看，四片花瓣对称排列着，分占四方，顶部的一瓣，是一个更大的、身形不同于其他四瓣的花瓣，那片稍宽的紫色花瓣弯着腰，用力包盖着身下相依着的四片紫色花瓣，让人联想到天底下母亲们的身姿，弯着腰，用尽可能大的力量，去呵护。不会想自己的腰身会不会伸展，更不会想自己有没有得到什么。

不用说，植物的情感并不亚于人类。这丛丛紫色中，包含着数不清的爱和说不完的故事。

因了雾，浓厚不解的雾，紫色的心在雾中便被赋予了一种更加朦胧的美感。阵雨过后的花的紫衣，水滴涂染着更透明的梦。恰逢一妙龄少女，浅笑着，骑白马，穿过密实的松林。此时，同行的小女孩儿做梦一样，被眼前突如其来的美震撼了，也许是想起曾读过的童话故事，她大叫起来："骑白马的应该是王子啊。"从掉了门牙的缝隙里喷射出的稚嫩童音，引得同行众友哈哈大笑。远去的白马上的少女，定是听到了这句话，竟然回眸一笑。渐渐地，隐藏在浓雾怀中的笑和少女，都远行了，错过繁花的她和我们一样，只看到了紫色的等待。从她的笑中可以看出，她不悔此行，一定追逐到紫色的梦境了。

植被松软如毯，厚到踩踏时有种找不着地面的感觉。若不是因了雨，非得静坐一刻，聆听那些紫色的魂灵，在这个初秋、在这一场秋雨过后，都在认真低语着什么。这里是远近闻名的云花溪谷，也许几天前，正盛开着满眼名贵的地涌金莲，还有触手可及的各色能叫上名字的、叫不上名字的几百种山花。挤挤挨挨，层层叠叠，花的颜色极自然地过渡着，漫不经心地便将人的目光填得满满当当的。摇摇头，再眨一眨眼睛，挥去相约时曾存在脑海中的花影，定睛再看眼前，仍是一片一片的紫。

那些禁不起秋风，力争过春夏的，浅的深的各色姿态绰约的花儿，都哪儿去了？再叹时光匆匆，那个山里的，常穿着紫色衣服长大的女孩子，又到哪里去了？

再环顾这山间的紫，能在晚秋，在众芳凋落之时，依然自由自在，神采飞扬。忽然不再为失去的岁月痛心了。慢慢呼吸着山间紫色的空气，也为这深深浅浅的紫，执着、简单的守候，为所有守护有序季节的世间万物，生出一种纯净的感动。

活秋

走在晚秋，足踏落叶的沙沙声传来，秋叶儿正舞着落。你看，左边一片正荡悠着，前边的一片又先飞下来，高处一片还没落地，斜着又晃来不止一两片，就这样，争先恐后，引你的眼神慌急地飞来飞去。漫天飞舞啊，于是一地娇黄，又一地的醉红，自由自在地编织了一地的神采。

一切都更动感、更鲜活了。活生生的世界，活生生的秋天，每一时刻都在爆裂着，比春日更为旺盛的生命正在凝成与绽放。

有朋自远方来，除了访友，亦意在逃离铺天盖地的雾霾，这山间，秋是那么妖娆地美好起来，远远赛过了春花的妩媚。

悠闲的情愫，从心房的最深处，从雾霾的罅隙里冲出来，停歇在了一池秋水的旁边。一棵柳，不，几棵柳，亦在秋天里缓缓梳理着长长的秀发，那些落到水中的叶子，似要慢慢铺满一池，除了密密匝匝集在水面的，就是舒舒展展铺在水底的了。池水一尺多深，能完全看清静静躺在水底的叶子。这是小鱼儿啊！哈哈，不是，这是比鱼儿还要美的卧在水底的柳叶。我被这活的美惊到了。水面一层柳叶，水底一层柳叶，水面集在一起的似是为呵护水底的柳叶搭起棚荫，水底的又似是水面上柳叶的倒影。它们中间隔着一层水，透明的水。生于一棵树，又与一棵树道别之后，遇到了一池秋水，真是幸运，就在这里它们又相映成景了。你会想这世间的万物，谁生得好，谁又生得不好呢？在时光里，都是客，亦都是主人啊。

溪流是大山最自由的孩子，不论春秋，总在唱歌，仰着脖，弯着腰，拍着手，各种姿态，都是自由地吟唱。间或有游人咚咚的脚步声，向前奔去，越发搅响了一山秋色，更加灿烂生动了。

溪流聚集成无数安静的小池。池边山下的巨石是故事中被压在山下的一条巨蟒。细看上去，会看见它的尾尖正不甘地摇着，或是悔歉的姿势。摇晃间，这一池水便响了起来，动了起来。穿透过这坦荡的秋色，这山就响了起来，人心自然也响了起来。这时，有一个声音就蹿上了云端，向世人言说着大自然中与生命相关的密语。

一个新的世界打开了。一草一木都明了了。

秋是最随意的画师，接近地面的植被大多已被涂了彩装。几棵槐树的根部，积着或厚或薄的落叶，一米多长近碗口粗的一条侧根呈钝角，弯裸在小路一侧的上空。我盯着这秋天里最生动的根脉，轻声说："这是生命之桥。"孩子看了看我，记下了。当生命如此安静、如此坦诚、如此执着地面对这个世界时，相信每个人都会在心里生出什么。生命的根，根的生命。此时，这根不再是根，这简单的生命已不是它自己了，已构建成了一种永恒的再生。

稀疏的游人渐渐远了。秋，安静着。置身在这静里，一低头仍是一池清清的秋水，倒映着秋敏感的神经通路。孩子捡到一根树木的干枝，习惯性地蹲在水旁。一下，两下，三四下，孩子手握木棍儿，用力拨拉着清澈见底的池水。一两声不大的喊山声传来，分不出究竟是哪种力的作用，水面就荡出了一环环的水波。继而，又依着韵律，向着思维的无限深处，漾开了细密的情感和生命的律动。

一切都活了起来。随手摁下，我竟然捕捉到了一种生命的蓝。本是一潭静水，因了触动，有了声音，有了颜色。

这是只在秋天才有的吧。如此通透，如此稳心静意，又如此生机萌动。

与秋天迎面相遇。徜徉在玻璃般清澈的秋光里，不知霾为何物。"载营魄抱一，能无离乎？专气致柔，能如婴儿乎？"又是谁兴奋至极了。

好一个生机盎然的秋天！

一帘萧瑟

这棵槐树默默生长了多少年，又经历了多少风雨，实在是无从考证。

它给人的感觉是苍老。

它的老，表现在树皮粗糙得不能用手使劲搓摸。树身上裸露的伤痕有很多处。树芯空了，里面的洞有多大，人们无心去看、去猜。也有较粗大的树干已经再也生不出新的枝叶，不断枯死。种种迹象，让所有认识这棵树的人们，都习惯了平淡地谈论、观望它日益衰老的精力和容颜。

虽然远离村落，但这棵树似乎并不寂寞。

有许多的野蜜蜂一直在这棵树上栖居着，不断飞进飞出。以至于人们活干累了在树下歇凉时，除了闻到蜂蜜的味儿，还能亲眼看到山花烂漫时节从高处的树洞口往下流出一道或几道黏稠透明的液体。人们都知道，这是蜜蜂酿的蜜，它们在辛勤地采蜜，维持生活。

这时，人们会感觉到树发自内心的笑逐颜开，似乎是因为它能呵护一群生命而快乐。树的这种快乐，与其本身的衰老无关，与四季风霜雨雪侵袭过后的暖润无关。这种自然的快乐，人是体会不到的。

去岁初秋的一天，这棵历经无数风雨的老树，被树的主人贱卖掉了。

原因是这棵树的主人需要钱。买主是个倒卖木料的农民，也想利用这棵树多赚些钱。

这桩交易，对于人来说，平淡而成功。

买主的主要目的是锯倒这棵老树卖出去，除了树的主人拿走的，便是赚的，也肯定会赚到。

树看不清，也感觉不出要发生什么了。除了感觉冷的时候，随便抖掉几片叶子，仍然笑看着这一群依赖了它多年的精灵，欢欢喜喜，进进出出，在匆匆忙忙地采着一年里最后一次花粉。

外出的蜜蜂，有的在花间展翅，还没有飞回来。有的已经张开负重的翅膀，满足地飞进了那个对于它们来说巨大、安全的巢穴。它们从来没有防御人类的想法。

当浓度极高的农药无情喷洒到这棵树的中央，喷洒到那群弱小生灵的家中时，这一幕被路过的父亲目睹。对于一个养过多年蜜蜂的老人来说，他的心有一种无以言表的深切疼痛。

父亲说，那棵树上的蜜蜂可真多，被那个"傻人"喷了农药后，大多的蜜蜂死的死了，活着的那些就开始没有方向地乱串。真可怜啊！如果将它们用蜂网收起来，有好几窝。再说那些蜂蜜真多呀，可惜全有了毒，足足有一百多斤，那可是黄澄澄的纯天然蜂蜜，全有了毒！

叹惜、痛惜、惋惜，纠结在一起，是父亲展不开的眉头。这些被糟蹋了的蜂蜜和这些蜜蜂的价值，是那棵树作为木料价值的几倍。

如何叙述这件真实的事情呢！

从我能清晰地记得一些人世间的事情起，多是独自蹲在院子边上，看蜜蜂进出蜂箱，看那些分工不同、有组织有纪律的蜜蜂的故事，看父亲小心地喂养这些能改善我们贫寒生活的精灵。还有，便是被家里的蜜蜂刺痛后，用小嘴儿吹着胳膊或腿上一个个红红的小肿包。在我远离养蜜蜂的生活若干年后，在我真正了解了蜜蜂的大多数秘密以后，我竟然听到了蜜蜂王国的这一场令人难以置信的灾难。

除了心，似乎一切都安静下来了。

那棵即将倒下的树，面对自己，面对精心呵护着的生命的命运时，在想些什么呢？

底绿

　　由于工作原因，近期多次奔行于郊外，胸腹自然收纳了太多的绿意。

　　一场雨，漂净行程。准确地说，应该是遇到了满目绿之"翠境"，尽兴张扬。环望，除了依附于绿之怀，无处躲藏。索性，顺意随心的柔软，让心情完全与绿黏合。

　　极目远眺，高大的绿与低矮的绿，错落有致，相伴而生，相互依存。旷野无边，绿意无限，郁郁苍苍，铺陈于大地之上。高高低低的绿，大大小小的绿，形态各异，姿态万千。

　　路边绿树上，成堆稚枣，圆润生辉，明滑晶亮，诱人浮想。柳杨碧叶，团簇一处。诸绿相接相融，相携相扶，极自然地掩蔽着夏日新旧之绿的衔接与过渡。在无边无沿的绿中遐想，将眼前的绿分割：高远之绿，视觉平行之绿，还有最多的地表之绿。地表之绿，大有囊括万事万物之情怀。然而，唯林中之绿最虔诚、最谦恭。

　　试想，若没有这厚厚的底绿，没有这林中之绿的底衬，这绿洋中，岂不是凭空做成了天地之间情之悬崖、意之断层，犹如诗词之无境，单调乏味，简陋无趣。

因这林中之绿的诱惑，不免有要入林中之意。

又一日走入林中，眼前的绿是眼睛习惯看的嫩绿，相比翠绿要浅，要清淡，有着略显消瘦的惯常雅态。令心生怜处，不免起敬。它们一生中，也许有三五天光阴，会有日光吝惜地透过这绿墙的隙，辐射到这一丛丛的绿上。也许，有些绿从春日出生，至今，也没遇到过日光抚慰。但在这林间，这一地的绿无缝无隙，自然生，自然长，自然直立。

若说它们从生到死似乎没有思想，只是生与活，而后，枯萎，那一定是我们人类，将它们的情感想得过于颓败了。

请蹲下来，接近它们。好好看看它们骨子里暗潜的蓬勃生机，看它们日日止于营造鲜活的气息。你自会慨然长叹：它们的生命虽止于林间最底处，止于自然之绿的最底层，却是费了最大心，用了最大力，是多么的不平凡。

走出这不可或缺的最低处的绿，心中的一些存在，越发清晰、明亮。

葡萄的灵魂

淡雅的绿，圆圆的，透着亮儿，抱得紧绷绷的，让人想到合力，这就是葡萄。

记忆里，农历八月十五才能尝到的葡萄豆儿，那是在祭拜过月亮之后，父母认真地平均分给我们的。

吐鲁番的葡萄很甜，透过地理书页，能想象得到它的香气，想象着在日晒充足的地方有成片的葡萄林，甜甜的葡萄在架下安静地等待成熟，等待有人垂爱。那时想，如果能足足地吃一次葡萄，是多么大的幸事。

葡萄多了，为了让灵魂深处的东西长存，它变成了葡萄干。

葡萄干将众多的甜浓缩在了一起。它有腿脚，能穿过山川，亦能漂洋过海。

冬天的葡萄干，在小城的街头最亮眼的地方，一堆，又一堆。

放大看，是绿绿的山丘，晃动着接触舌尖时的敏感，招来路人驻足。

新疆的舞蹈，是不是新疆的姑娘吃了葡萄之后会跳得更优美，更动感，不得而知。

一个十一二岁生着一双有地域特色的明亮眼睛的少年，在熟练地拿着小铲子，将葡萄干装进不大的塑料袋里，在斤两与金钱对等后，露出了笑脸。他自己不注意，也不懂得，为什么那微笑在成年人看来太过青涩了。

一条街，一条有了葡萄干的街，还有一个学龄的少年。

是不是成堆的葡萄干也是未熟的葡萄晾晒成的？我胡思乱想。

看看少年，看看葡萄干，想着想着，吃在嘴里就不是想象中的甜了吧。

新疆的葡萄一定又丰收了，葡萄干也一定有很多很多，是不是都如那少年的笑，在视野里浅绽。

葡萄如有灵魂，会不会找时间用力地推开那个卖葡萄干的少年？

村庄的眼睛

村正中的那口井，是村庄的眼睛。

我出生的村子不大，略呈椭圆形，村正中的老杨树底下，便是那口井。整个村子，家家缸里清汪汪的水，无一不是从那口井里挑回的。是那口井的井水和那口井，成全并保鲜着我对村庄的大部分记忆。

那口井里的水，盛满着情感，一年四季精心滋养着村子里的男女老少。冬天，你会看到井水表面冒着热气，不会让你感觉到冬的严寒会和这口井有什么关系。夏天，打出来的是能迅速降暑的冰凉的井水，你自不会想到它的温度会介于冰水和常温水之间，是一种能让刚刚流过汗的身体消受的温度。

鹅黄的早春，当阳光的笑意漫洒在这个似乎被人遗忘的村庄，当泥土的芳香顺着心路飘荡而至，当一片片鲜嫩的树叶开始它们一年的征程，扁担和水桶咯吱咯吱的深情对话，会从村子的四面八方，向着这口井，向着归属于他们生活的唯一的井，陆续地聚拢过来。一个接着一个打水的男男女女，用扁担钩熟练地钩住水桶，往水面上轻轻一拨，拨开水面上的落叶等，轻轻一个翻扣，满满一桶清澈的井水就借着水的浮力轻提在手中了。紧接着，双臂用力提着，双手交替用力，往上拽着滑溜溜的扁担。一下，两下，几个倒手，一桶水就会被提到井口。再稍稍屈膝，双手合力拎到井边。

再看井面上，一圈圈灵动的波纹也在这被圈定的水面生成了一个个对美好生活的憧憬。你打两桶，我打两桶。等待时，你一言我一语的招呼声过后，咯咯的笑声轻送着憨憨的小伙子毫不费力地挑着水走远了。柔弱的姑娘们略涨红的脸，弯着腰，力挺着，也不示弱地挑着水，颤颤悠悠地往家返。她们的身后，滴在土路上的一行湿漉漉的水痕执着地延伸着。

炎夏时节，是我真正认识并亲密接触这口井的季节。每年的春夏交接，会迎来一段长长的干旱期，人们最看重的土地的墒情，此时自是不容乐观。这口人们赖以生存的水井也因降雨量的骤减，水位逐渐下跌，直至露出难以负重的瘦瘦的胸脯。

村子里的人们会眼巴巴地望着它，无奈地叹息，同时，会将一个个能用手扶住扁担的小孩儿系好，外加一只水桶、一个放在水桶里的葫芦瓢，轻送到井底。我也曾是这众多被送到井底舀水的小孩儿之一。第一次看到并估量着这口井的深度，没有想象中的深，应该有三到四米。也第一次感受到井底的温度不是凉爽，而是略带寒意的。下到井底后，会看到井底一侧的小小泉眼，真的是太小了，却又充满了神秘。小小的我，唯有蹲在井底有水的一侧，要极具耐心地等一分钟多，等到那个泉眼外的小水坑里有了水，就舀满一瓢，再认真地将这瓢水倒进身边的水桶里。如此反复，等了舀，舀了等，直到父母带来的两只水桶里都装满了水。想象不出，平时也是这么小的泉眼，它是如何源源不断、天天忙不迭地往外渗水，供全村这么多人畜使用的？尽管连年的这个季节井水总是这样少，却从没有干涸过，它是哺育这个村庄的永不干涸的乳汁。

雨季，随着地下水位的上升和雨水的灌注，井水也会升到一年来的最高水位。人们挑水时，只用一只手就能轻松打上一桶水来，这时，挑水人的脚步就更加欢快了。

农闲或村里的女人不用忙庄稼活时，井边会热火朝天起来。女人们会聚在一起，将各家换洗的衣服拿到离井稍远的地方。一块石头，一个大洗衣盆，一个搓板，一桶新打出来的清水，就在这树荫下，随意排着洗衣服。她们东家长西家短，男人、婆婆地海侃着。此时，那口井的情绪也仿佛受了感染，咕咚咕咚的打水声，混合着穿透夏日炎热的爽笑，渲染了整个村庄。她们嘴里的那个刚娶进门的弱不禁风的小媳妇儿不是挑不动水吗？等她公婆下世，男人生病，她挑起两大桶水来走路生风。她不是挑不动吗？她的力量哪儿来的？听到的人都笑了。是啊！哪有挑不动水的人，咱村哪有挑不动水的女人，孩子们长到十一二岁也能挑了。

村里的这口井，是村里人绝对的底线。当人和人之间有了分歧时，他们也有没鼻子没脸对骂的时候，甚至用铁锹、扁担动起手来，却从来没有人对这口井发泄自己的情绪，不会对井不敬。这口井是唯一的，是人们心里最敬畏的神灵。可能都知道，这口井无时无刻不在呵护他们的生命吧。

上学时，每天四次路过这口井。眼望着它里面的水，随季节变多变少，随雨水变清变浊。井高处的小院里，住着一位本家的奶奶，她的儿孙都在北京，她和这口井一样，是村子里一位很孤单的老人。我分不清她是不是因为老了，脑子糊涂了。她总在院边高台的石头上盼着小伙子到井边打水。一见有人影便大喊："一分钱的工钱，打一桶水。"帮她打水的人多，没见哪个要她一分钱。我还想，她的家若不在井边，她会如何生活？她的儿子若务农在家，陪着她，她又是怎样地生活？她不去北京生活，是为守着老房子，还是为了守着那口井呢？

这口井的一切都很遥远了。离开村子多年后，大多数人家自己打了井，那口老井先是变得无用，慢慢就真的干了。可思念在，那口井宽厚的身形就在，依旧明亮如新，依旧端望着这个村庄的前世和今生。

这时候，那时候

自己也不太清楚，一而再，再而三地走到河边，是为了寻找什么。

走到河边，必须经过一段尘埃弥漫，被荒废了好长时间的路。午后一个人的漫步，步子就显得无拘无束，所以又到了河边。

把高楼甩在身后，放眼望，河流沸腾，群山不语，我似乎把整个冬天的情态尽收眼底了。

这条名叫大沙河的河是我们的母亲河。千百年来，一直奔流在苍茫的群山之间。没有人知道有多少代人，因了它的滋养而智慧丛生，筋骨强健。从青春飞扬的岁月到如今，我不止一次面对这条河。沉心想一想，夏日雨季河水暴涨时，我在河岸上目睹过它一泻千里的气势；在它心情恬静时，我又曾不止一次提着裙摆赤脚站在清清河水中，享受时光的宁静。当然了，那宽阔而平整的河滩上，连大大小小的鹅卵石都是一种清爽的净，青翠的草是会让你心生爱怜的，外加远处的乡村、树林和青山的陪衬，你自会感觉置身于画中。

不得不藏起这轴山水画卷了。

此刻的我正揣着一种无奈的心情，在凹凸不平的河滩上漫步，挤挤挨挨、泥尘满身的鹅卵石依旧在河床上静默着，当鞋子踩到时，似乎还能听到它们发自内心的呼唤。

因河水的减少和河沙的挖掘，整个河面仅有两米左右了，河面上水汽氤氲，河水流泻的气势仍在，只是那河水再没有旧时的澄明。河水中的鱼儿，也不知跑到哪里玩耍去了。

河边，三个孩子正在玩耍，是两个小女孩儿和一个年纪更小的男孩儿。因为孩子没有父母陪着，我突然就觉得这条河有了一种不可抵抗的威严，一时挪不开脚步了。

"你们玩什么呀，我看看？"我面对着其中一个小女孩儿问。

"玩冰，看像帆吧！"

"嗯，是有点像！"再细看，两个小女孩儿手中各提着一个塑料袋，袋里是大小不等的冰块儿。

她们在玩这个？一时间看到的似乎是我的童年。

可又不是。

"我们那时候，这些冰都能吃，这水里也有鱼。可这时候不能了，这水脏，鱼也没了，"我在和她们说，又像是自言自语，"还有这天气，真不好啊。"

"阿姨，为什么那边的山看不清呢？"后来知道，这个爱提问题的小姑娘才八岁。

"为什么呢？因为有霾。我们小时候没有这个，空气吸起来很舒服……"我抬望远山，看到灰蒙蒙一片，山的轮廓全隐，此时，心中向往着一个奢侈的词：清冽。

"现在吸起来很难受。"没等我说完，这个小姑娘就很快接着说了。

"现在要是像你们那时候，该多好啊！"这句话足以震荡到我的内心了，且出自一个八岁小姑娘之口，我顿时感到一种罪过。开始认真凝视她那双充满向往的眼睛，她仍看着我。

"阿姨，那是什么地方，现在还那么好吗？"

"很远很远，山里吧。"我明显含糊其词，无法具体表达。

"阿姨，北京很好吧？"

"北京？北京？嗯，北京好。"我意识到必须肯定什么。

不再看她的眼睛。真怕她又提什么我回答不了的问题，就找到一块石头，蹲在河边，帮她们用力砸一块块对她们来说诱惑指数相当高的冰块。

"阿姨，你是老师吧。你看这块像个大熊猫，这块像……那块像……"这是个想象力极丰富的孩子。在我一块又一块地将那些被河水冲出花形的冰块递到她们面前时，这个女孩子滔滔不绝地说着，比喻着。

"阿姨，我也要一个。"三岁的小男孩儿慢慢地说。

"晚上可以放院里，想办法，让它冻出你想要的形状。"

"我想冻一匹马。"另一个小女孩儿说。

"不好冻成，不过，如果有小刀子、有技术能雕成，哈尔滨就有冰雕展。"

我笑着，说着。完全忘了冬日河水的冰冷。等到她们的袋子装到满意时，我护着三个孩子，回返。

刚到马路上，那个女孩子就兴奋地指着对面的商铺大声说："看！阿姨，那是我家的粮店。"没等我看清楚，只听小女孩儿喊："妈妈，妈妈，那个阿姨帮我们砸了许多冰块。"

"快扔了！赶紧扔了！还拿着？"声音很大，是断然不可违抗的命令口吻，想必其目光也转向了我的背影吧。

关于想象力，关于霾，关于冰和鱼儿的话题，今天也就到此为止了。

从一楼到三楼

咚，咚，咚……节奏缓慢的拐棍声响起。拐棍是那位驼背的老人维持身体平衡的第三只脚。坐在办公室能最早听到，并能轻易分辨出那位老人已经上了三楼。她正在楼道里走着，再走几步，就会走到我的门口。

她的拐棍声不紧不慢，和其他人的拐棍声有所不同。凭声音能清楚地分辨出来。时间一长，这位老人的笑和她的拐棍声便时常浮现，渐渐成了我脑中最牢固的两种印象。这两种印象，也似乎构成了我对她的印象的全部。

每次进屋前，她总是先在门口站几秒钟，抬高声音说："我来了医生。"然后，我对她一笑，看着我、听到我的招呼声，她慢慢进屋，坐在离门口最近的沙发上，把拐棍放在一侧。坐好的她会抬头看着我，边笑边开口说话。

我也冲着她笑。这时，挂满了浅笑的脸会再称呼一遍"医生"。然后，不用接话，她便会继续解释："我又来了。来了两天了。今天的液早输完了。我想在你这歇一会儿……"然后我便习惯性地笑着问她："输得怎么样？有效果吗？"她会说："嗯……输几天就好多了。不然肚子疼爬不起来了，还得再输几天。"

把"嗯"发成一个较长的音，这是她的口头禅，好像是在思考什么，我已听习惯了。接下来，她会连续说些家长里短、树木庄稼。从第一次见面，至今已有十余载，她已把所有的难忘经历和我道了一遍。她说，她是做手术后落下的病根，当时肚子疼爬不起来，婆家人不过问，还都嫌弃她，她一个人在屋里地上疼得要死，爬过来，爬过去，一边治疗，一边养，好几年才慢慢站起来。说这些的时候，她的脸上会有片刻生气的表情，还会说些过激的话。她说，你不相信吧，她们还用手指着我，说叫我早死了算了。她们越想让我早死，我越不死。到现在我还活得好好的。嘿嘿嘿嘿……说到这里，不管我接话不接话，她还会接着笑，会笑出声来，就像终于赢了一次比自己强大很多倍的对手。说现在好多了，过几个月肚子疼时，只要输几天消炎药就行。她还会继续说，不过和疾病无关了，而是猪、羊、玉米、豆子等，她还会问我工作忙不忙。

就是这些几乎背熟了的话，持续了好多年，每年说三五次不等。

随着时间滚动，接触多起来，她的家长里短也都抖出来之后，我的内心对她产生了越来越深的敬意。每次来输液，她都会先到一楼就诊，拿药，再到二楼住下。每次来的时候，都是她的女儿帮着送来吃的用的，然后离开。出院时再来接她。她所带用品极其简单，一个电饭锅、挂面、米，几乎每次就是这几样。输完液，她会自己在病房里煮面，或者煮些粥，一个人慢慢喝。楼道里人少的时候，墙壁的白光就更映照出她简单的三餐。她能一个人提着输液瓶去洗手间，有时输完液之后，她还自己悄悄地拔除过输液器。

多数情况下，她在二楼待着。只有输液结束早时，才上到三楼一两次。

无雪的冬天生硬的冷，她又一次上到三楼。不同的是，那次她没有笑，唯一没有笑的一次。她的拐棍声依旧如前地击打地面，进到办公室的她慢慢坐下来，迟疑了一会儿，低声对我说，又像是在自言自语："老头子死了。放羊的时候掉进大江里淹死了。等人们发现时已经漂起来了。"我的内心十分震惊，莫非真是上天造化弄人？我知道她的儿子在多年前出车祸离世，半辈子身体不好的她，现在又……这个老人的心里到底要承受多少痛苦，才能度过这漫漫一生啊！

假装镇定，我看着面前的老人仍旧安静地坐在对面，没有一滴眼泪，只是缓缓述说着，把想说的都慢慢地道了出来。对于她来说，是不是只要说出来，她心底的悲伤就会完全消失，和没有发生过一样？说完后，她便起身，说："你忙吧，我今天还没有输液。"

无力地安慰着她，目送她的背影，我凝神听着不同以往的拐棍声，渐行渐远。纵使她沧桑的脸能掩藏住她内心的秘密，可她的拐棍声不能。

几个月飞奔而去，她又来了。和往常一样，笑着问我忙不忙，说想和我说一会儿话，坐在沙发上的她，又开始笑着说新的话题，说女儿孝顺，说猪长得不好，还说想再拿点口服的消炎药……

无法揣测这位老人是不是已经有了治愈伤口的良药。她的笑容依旧简单而真实。她微笑着，我也微笑着。

又一次输完液，我端详着紧挨着我坐下的她，再一次从岁月里慢慢还原她的年轻时代。她的脸转向我时，看着她的眼睛，我笑着说："年轻的时候，你肯定特别漂亮。眼睛真好看，皮肤又细又白！"

"好看什么？"她不好意思地笑了，头低着，像一个十几岁的女孩子。

山花

大凡步行上过山的，都见过山上的各色小花。

山上的花，悠然散在季节里，红、白、黄、紫，颜色纷杂不说，种类更是不拘。可无论是开得多少，还是浓艳，没多少人十分在意。它们没受过特殊管顾，就连看它们的眼神，也不是欣赏盆中娇姿的温和亲近。

也许正是因了这种自在，山花开得十分自然。阳光、晨露、风声、雨声，于山中花来讲，就是一种敞开心扉接纳的天然恩赐。无论遇上什么，它都笑，会生长，会开放。

数十年行走山中，走着走着，就明白了那些根植于野地的山花，虽久生长于贫瘠山野，却常开常在的最朴素的缘由。

第三辑　如月清香依旧在

生命在奔跑，沿途会遇见不同的人、不同的风景。我们感恩遇见，因为那是对平凡生命最厚重的补充。

路边有一束目光

　　奶奶时年九十一岁。大字不识一个的她，当时仍是一个非常有智慧的人。我想说的是，我从小和她一起生活，真真切切地体会到这一点。除了智和慧，她还拥有勤劳、宽容等和许多从困苦日子里走出的人一样的种种美德。需要提及的是，这些美德大多形成于那些衣食无助的岁月。其中，坚忍最为显著。

　　一个从旧社会里走来，把一双脚裹住又放开了的老人，对人生又有着怎样的理解呢？现在想想，按部就班就是奶奶永远不变的信条。日出而作，日落而息，是她生命里始终如一的坚守。什么是一个人的理想？在奶奶眼里，没有"理想"这个词。她只知庄稼的春种夏收，只知做人就得十分节省，知道没了爷爷她一人也得把孩子们都拉扯大。长长的苦涩的岁月啊，让她在意识里为自己开辟了一片鲜有人能及的、长青的自留地。

　　试想，在这世上，有哪些认识比这些更为深刻，又有哪些认识比这些更生硬、更没有辩驳的余地，更称得上是真理呢？

我是跟奶奶长大的孩子，在不惑之年仍能有规律地学习生活，思来想去是源自奶奶的那份福泽绵长的呵护。在我幼小时，她轻轻扶我走上正路，教我要坚守信仰、脚踏实地地迈出每一步。

可现在，奶奶越发显老了。几缕白发常无方向地乱飘着，是一种秋后的萧瑟，是一种让心不能安睡的纷乱。可我又能替她做什么呢？

下班时，奶奶经常在路边坐在一把小凳子上耐心地等我，边摇晃着那些为数不多的、属于她自己的光阴。

我明白极了。她从不为观望行人，更不为看红火热闹的街道。她是在等，在等我。在等我这样一个和她的生命关系紧密的人——她的孙女。她清楚得很，她坐的地方是我上下班的必经之路，而我的目光也一定会停留在她的身上。我爱她的目光，更怕她的目光，因为我目睹过她目光中的极度的孤独。

现在，是说些什么的时候了。

我坐在她对面，她正好刚收拾完她的大包小包，这些包里有她的衣物、鞋子，每天她都在打开、包住这些东西，不知几次。

"奶奶，肚子好些了吗？"

"没事了。我喝一瓶红茶喝的，再也不喝了。呵呵！"

"好了就好。"

"每天我在道边等你，就等着看你一眼。"

"知道。我绕着你走，不让你看见。"

"嘿嘿！你不肯。"

"把这些钱也给我存起来，都有多少了？"

"7500，快成万元户了。"

"你存那么多钱干什么？花吧！没了再给你。"

"存着，等我死了，给我上坟买纸。哎，人家谁给我上坟呢？就你给我上吧！"听到这些，我就想，我会在奶奶百年之后惦着奶奶，会年年节气去看望奶奶吗？

"那个最贵的东西他们就是不给我割，一会儿说板子厚，一会儿说板子不好，我看到最后什么都没了。"奶奶一脸忧虑。其实，奶奶不用忧虑，我明白她说的是什么。

"有我，你还能受了屈？呵呵！"为了让她开心，我干巴巴地说着。

"还有那些衣服，在大柜子里放着，想看看都看不了，有没有长虫子？"

"不可能长虫子。"

"想去看看老庄子（奶奶近九十岁的大弟弟）。没了一口人，孩子结婚我都没去。小凤结婚你去了吗？一个人没能力去哪儿了，要达成这种愿望，就更难了。"

"捎了钱，没时间，没去。"

"要是身体好，还想看你二老舅（奶奶的二弟弟）。"

"星期天拉你去。"

"再过一个月，我买纸，给我爹上坟，我不去，让他们给烧。两回没给他烧了。你老舅也是，我上次买的那么多锡箔他给丢了。你说我爹饿死在破庙里，什么吃的也没有，过节气我得给他烧点纸吧！小山说，我们有钱，我说，你是你的，我买的是闺女的。"

"好吧，那就下个月拉你去我老舅家。"我话音一落，她就笑了。笑出一种开心、一种满足来。

"那个孩子老是打我。见我在，就想打我。"奶奶在向我诉苦，听奶奶这一说，我就明白了，一个三四岁的小孩子和她发生了不愉快，我笑而不语，再说几句，她也就不再提了。

"还能活几天？你什么都不要给我买了。"

"奶奶，你就好好活着，多吃，你能活一百多岁！"

"嗯，算命的也说我能活一百多岁。"

"那就等快上坟的时候再去。"

"行，你多吃饭，到时候拉你去。"

"嗯。"奶奶的脸上艳艳的，皱皱巴巴开满了花。离开的时候，奶奶送我到门口，刚腹泻过的身子一晃一晃。我不由得心里早流了一地感慨岁月的泪水。

如今，路边再也没有了等待着我的那一束目光。岁月里，奶奶的影子无比清晰。

月光、荷花和套袖

　　如果一个十四五岁的女孩说，长这么大还没见过荷花，这是实话。我就是那个年纪还没见过荷花芳容的女孩子之一。不只我没见过，相信那时十里八乡的孩子们，都没见过。

　　是什么让一个人至今怀恋荷花，怀恋月光下的荷花呢？当年我用普通话朗诵孙犁的《荷花淀》："月亮升起来，院子里凉爽得很，干净得很，白天破好的苇眉子潮润润的，正好编席。女人坐在小院当中，手指上缠绞着柔滑修长的苇眉子。苇眉子又薄又细，在她怀里跳跃着……这女人编着席。不久在她的身子下面，就编成了一大片。她像坐在一片洁白的雪地上，也像坐在一片洁白的云彩上。她有时望望淀里，淀里也是一片银白世界。水面笼起一层薄薄透明的雾，风吹过来，带着新鲜的荷叶荷花香……"读后，我便沉浸在文字的意境中来回寻找，将月光和月光下满塘的荷花和芦苇印在了脑里，以至于多次缠着编过许多席的奶奶，让她讲给我听，她是如何做到每一个晚上都能编好一张席的。其实，我是在把奶奶和文章中编席的女人做比较。

从那时起，我知道了孙犁先生，还知道了离我们不远有个白洋淀。去白洋淀可以见到梦中的荷花、芦苇、菱角，还有顶风摇船的女子。

　　终于有一天，见到荷花了。一个热热的天，和几个女同学一道，义无反顾地骑自行车上了路。从保定到白洋淀，不知多少里路，而且那段时间正赶上修路，忽上忽下地转着，忽直忽弯地拐着。不知道同学们心里都是怎么想的，反正没有一个人打退堂鼓。

　　终于到了。眼前是一片茫茫的水域，十分辽阔，平镜似的水面，也似久久的渴望得到了满足一样，漫到心里的是说不出来的兴奋。

　　放眼望去，水上有成片的芦苇。我们租了一只小船，在高大的芦苇丛中七拐八拐，正要划到淀中心时，一位头发花白、脸色黝黑的老大娘正好摇着一只小船，从我们面前飞驶而过。我一下子惊呆了。刹那间，眼前的淀水、芦苇丛、小船和我忙不迭的思绪，一同折进了我对课本的记忆中。只见她身体直挺挺地向后仰着，一脸坚毅，双手紧绷绷地抓握着船桨，目光犀利地审视着远方的芦苇丛，熟练地摇飞着身下的小船。那不是当年配合游击队打过鬼子的老大娘吗？那不是那位将生死置之度外，游弋于淀中为游击队送信的老大娘吗？过了好半天，我才回过神来，是孙犁先生温情的笔墨将我带到这里来的，是先生清丽正直的心让我平视这一切的。在我心里，这淀也好，荷也好，都是属于先生的。

　　许多年过去了，想得最多的仍是到白洋淀住上几天，最好在水边住，好在月下看淀中静静的荷，沐浴月光的柔美和简明。我相信先生是最知道月光的，也是最理解荷的。不然为什么一次次地将月光与荷写在一起，是因为它们的洁净吗？这时的我还会想起先生笔下的九儿、满儿，还会想起双眉。然后，我似乎理解了先生，多少年来，先生一定是将绵绵不绝、郁郁葱葱的太行，比作了灵秀无比的荷花淀。还将那些聪慧无比、伶牙俐齿的山里女孩子，比作了大淀里一枝枝艳而不妖的菡萏，或是一朵朵盛绽的荷花，有棱，有角，有性情。如果九儿、双眉是一朵朵粉色的荷花，那么满儿则是池中那朵被顺手折下供瞬时赏看的荷花，先生的心怎会不痛？

先生有个习惯，总戴着一副套袖。作家铁凝在一篇文字中曾细细描述过这个细节。我也曾冥思苦想过，钟情于生活、钟情于文字的先生，会戴着一副套袖在月光下赏荷吗？又是怎样戴着一副套袖，将月光与荷精巧地缝制在一起，让它们共生光辉的？抬眼望皎洁的月，低头细品沉实的大地，这些足以让先生心生感动吧！只是，那是怎样的一副套袖呢？他曾戴着它低头捡拾人们遗落在地里的几粒红豆，也曾戴着它到地里低头劳作。可先生执笔时为什么也戴着它呢？是时时提醒自己，要记得"劳动"二字吧！

而今，先生永久地住在了白洋淀中。一拨又一拨人在先生的塑像前，谈论着什么，思考着什么，还在先生的文章中极力寻找着什么。他们看先生的眼神是澄清的，是充满了感动的光辉的。

一个场景，在我眼前生出许久了。还是戴着套袖的先生，闭目静坐在淀水旁，在一轮明月的映照下，将劳动后内心的那份质朴与美好感受全部阐释出来，精心描画，与荷，与月，通放在天地间，成就了人世间一幅上乘的纯净画卷。

洒在山间的乐音

清浅的夏日夜色中，为图一时清凉，穿过两边青草正盛的水泥小路，径直往并不寂寞的山上走去。在转弯处，听到了从寺院方向传来的笛子、二胡等乐器的合奏，还有洪亮的女高音。

"谁家玉笛暗飞声，散入春风满洛城。"忽地，就感慨起诗人李白曾描述过的场景。此时，正值浓绿夏日，在空旷的山间听到音乐，并且这音乐来自山城的高处，即便没有山风的飘送，也比诗人笔下的《折杨柳》散得快，散得远。

想此时，整个山城的人都能听到了。

近山腰的平坦处，是近些年新建成的一所不大的寺院。早些日子，便听说有一群人在寺院的院子里，拉的拉，唱的唱，很有味道。朋友说你也去唱会儿，散散心吧。此时的我，又想起这句话，便止住了往山的高处走的心思，转到通往寺院的方向。

极为敞亮的院子一角，在一盏吊在槐枝上的日光灯下，几把二胡、一排横笛等，正专注于无限的音乐艺术。站在桌子近旁正全神贯注演唱着的，是一位喜欢歌舞的退休了的女士。

我找来一把凳子，安坐在这氛围里，开始凝视这几个人。

有拉二胡的，一位是满头银发、形体羸瘦、双目有神的老人，他一边拉，一边把从内心扬起的浅笑缀在眉眼之间；一位是坐姿端庄、颇有艺术家风范、风韵犹存的女人；一位是圆脸、架副眼镜，一直关注着桌上的曲谱、全心投入在旋律中的中年男人。吹横笛的是一位已退休的教育界的知名人士。另一位是一头短发、已做了奶奶的我的邻居，她的琵琶里正流出美妙的乐曲。

从京剧到评剧，从河南豫剧到河北梆子，从黄梅戏到越剧；从二十世纪五六十年代的老歌到现代气息浓厚的流行歌曲。平凡的耳朵，就在这山间过足了瘾。

悠然的"在那遥远的小山村……"，亲情缠绕的"你爱吃的那三鲜馅，有谁给你包……"，明快中饱含着深情的老歌，欢乐轻快的《小拜年》，凝重昂扬的《红梅赞》……一曲又一曲，就在青山宽厚的怀抱里，长出了翅膀，在夏日的夜色中，凝成一种永恒。

此后许多个晚上，我的心被一种特殊的力招引着，来了多次。来得多了，便感到了不同。

又是一个傍晚，依旧穿过草丛中蛐蛐的和鸣，如约到了那里。灯火通明的院子里，有着比以往更多的男女老少。在四五把二胡的伴奏下，一位短发的女士正字正腔圆地唱："刘大哥讲话理太偏……这女子们哪一点儿不如儿男……"此时，一改以往合唱，在场的几个人都在听，是一种与众不同的静。我被眼前的情形感染，也开始投入地听着。

尽管我对戏曲是门外汉，却听得出，这是前几日没听过的专业水平，除了底气略显不足外，不由得让人想起常香玉。

"为什么唱得这么好？"

"你不认得她？"

"她是？"

"她就是曾经的县剧团里最有名的那个演员。"

我听到了一个极为熟悉的名字，是很多年前从母亲嘴里听到的。母亲极喜欢听她的戏，当下便想母亲若在场，就能现场听到她的戏曲选段了。她什么时候还来呢？

平日自得其乐的几个女人都在听，听得那么虔诚，听得那么恭敬，在艺术的殿堂里，这是发自内心的尊敬，是一份来自天然的美德。也听到了对她小声的再介绍：因病手术以后的她，嗓音显然受了影响，否则会唱得更好。

县剧团已解散多年了。但眼前这位女士的名字，是在心里扎过根的。除了她，曾经聚在一起唱响整个山城的其他民间艺术家，又都到哪里去了？

"若是剧团还在，该多好啊！"不少人都叹着气说。

深信家乡山水的钟灵毓秀，润养才俊无数。倘不是亲见，你定不会相信瘦得干巴巴的老人，有着对歌曲过目不忘的才能，听到便能记下全谱。你也断不会相信，一个一生从医、个性鲜明的老同事，会将只听过一遍的全场戏曲，丝毫不差地记下戏谱。试想，举国上下能有几个这样的人才？还有怀抱琵琶的邻家老姐姐，优雅中又带几分忧郁的神情，你会说她仅是一个退休多年的普通工人吗？

在这山间，在乐音的强力冲击下，我放飞了思绪。我知道，像这种团团簇簇，或拉或唱的自娱自乐，实在是多，都散布在不同的山间。

归心的文化能将人类的灵魂凝聚到一起，那是一种不可抵抗的力量，也是永恒的真理。同时，当无数洒落在山间的乐音，得不到聚拢、再生时，人们的内心也生出了明显愁绪。

不是诗人李白《折杨柳》的感情引发的，而是《报花名》中"那一朵出水的荷花，亭亭玉立在晚风前"引发的惆怅与失落。

一直在路上

天光暗淡，蒙蒙烟雨一路相随，笼罩着整个天际。

我们一直走在路上。只知方向，不知路途。一路走，因了雨，因了雾，这路就显得十分长。始终走在路上，向着目的地，不停地走。

无论怎样峰回路转，仍是望不到头儿，想不到头儿。无论你如何用力张望、搜索，也只能看清几米远。思维也就住在了这雾里，被上了锁一样。不见来路，不见去路，只得与云雾相伴着。身处其中，心处其中。不知前路，只是向着前方走。

这条路的终点，这条路前方的前方，是人世间的清朗处。

本意是去神仙山看遍野的红杜鹃。我说的神仙山实是史册中记载的古北岳恒山，传说从舜帝开始，历夏、商、周，至后来的历朝历代皇帝都不惧山高路险到此山祈福朝圣，乃绝对的名胜之地。谁承想，到了清顺治年间，就将山西省浑源县的天峰山封为北岳恒山。名字能改，山是移不走的。改就改了，后人们也曾争来争去，想让其实至名归。其实何必，和人一样，山亦有魂魄在，改的不过只是一个名字而已。

今遇到这雨、雾，心下先是生出些不安来。一是怕雨再大路太滑了，二是怕雾更浓能见度更低。遂又想，这条路是无数善男信女走了几千年才踩出来的，是那么宽阔的一条路。这样一想，心就彻底平静了，还似乎有了想闭眼在这雾中做个美梦的想法。

不知又转了几转，山谷愈深，空气愈清新怡人。一两树桃花正静静地伫立在山崖边上，接待着远远走来的我们。无法抵制的一份欢喜飞扑而来，和激荡的心一道染红了这幽幽的深谷。这粉红，娇艳、无尘、独立，是成片桃园里的粉红永远无法相比的。这粉红定承接了这山水的秀灵之气，否则怎会那般诱人，会一下刺破这遮蔽视野的漫天云雾，让天地间顿时亮起来。桃树旁的石崖边，几平米见方的一块巨石，与路面齐平，成了一辆艳红色轿车的停车场，恰恰在两株桃树之间。那么恰当，那么耀眼，与周围的景色相依衬，我猛然想到两个词汇：一是"穿越"；一是"入侵"。站于路边向下望，崖身一种不知名的野生草本植物正开着花。花色晶白，朵儿并不大，嫩绿相伴着丛丛向上，开得恬静、灵巧，开出了一种久处深山的稳健性情来。对面山中的一大股清泉，身形伶俐，飞跃而下，更让这山谷呈现出无限生机和活力。

面对此情此景，顿生敬畏。不想挪移脚步了，更不想说什么。来自尘世的语言多么无趣，多么苍白，会无情戳到这清幽，击到这深邃的清静，甚至会影响人类情感的某种抵达。

只有静静地相陪。

再转，又转。河边一块块巨石赫然闯入眼帘，闯入心中。第一个念头是：如若交通便利，它会不会成为人世间的一枚刁钻古怪的色子，任人在一种强烈的目光中抛来抛去，会不会成为一块赌石而身价百倍。走在这条路上想这些是不应该的。我不愿再想下去了。

我只走我的路，看我想看到的存在。

石头是这群山的主角。目之所及，石山石路一直默默存在着，伴我前行。这条路上的山石不同他处，个个有眼。传说是乾隆帝到五台山，路经板峪河时轿夫被绊倒，皇帝怒斥石头不长眼睛，后来这石头就个个有眼了。实际是这里的石头中含有碳酸钙，遇撞遇水则脱落，形成大小不一的孔眼。细细看，果然，从硕大的巨石到水中的微小河石，没一块没眼的。有眼就是为了看吧，看天，看地，看人间。

在这条路上，一程又一程地走着，如果你能看懂这山间不惹尘埃的花草树木的心魂，能听得这山间无忧无虑的鸟鸣虫吟，你就真成了这山间有眼有灵性的石头中的一块了。

再不枉这一次的奔行。

一路有水。一直认定水是山的最聪慧的女儿。巨石之下的滴答声，两山之间的哗啦声，是水四季不绝的笑。只见此地的水清洌如玉，笑意盈盈，轻松书写着一份来自远古的清幽与自信。几千年的流淌，越流越清了，没有一丝浑浊。此时的你自会感叹，会凝神小立，好让那种清透和定性润入你的灵魂深处。

没想到还有村子。石屋，石路，石垯阶，可以叫作石头村了。我们遇到了一位老人，还说让到他家里喝水、吃饭，这让我先生十分感叹。几句话驱散了海拔高处雨天的阴冷。从陌生人口中说出的这么暖心窝子的话，恍如隔世，有多久没听到了呀。

"离神仙山还远吗？"

"不太远了。"

"山上花开了吗？"

"开了。"

我们又走。站在一较高处，极目四望，知道目的地还在前方，却看不到。看不到到底还有多远才能抵达。

仍旧在云雾里，人开始返程。心却向着那个地方，始终没有掉头。

返回的路上，遇到一个小姑娘，淋着雨，背着书包，坚定地步行在路上，雨淋过的头发紧贴着额头。我们顺路捎她到学校。否则，她得再步行两三个小时的山路，才能走到学校。

山、水、你、我、陌生的姑娘，仍在一直走着。我们一直走在路上……

看水

躺下了，难以入睡，耳边丛丛涌来的，似是大海的涛声。

于是，就想起这条母亲河——大沙河的前世今生。曾为看一场暴雨后的大洪水而挤到河边，那时看洪水的人非常多，沿河散开成一溜粗线。我看洪水的心情急迫，会不时从这个人身边，挤到那个人身边，不停走动、张望。看到的结果也简单，就是水很大。当时认为，那么多看洪水的人，和我看过洪水的感觉肯定一模一样。

这条河从没有断流过。即便在最干旱的年头儿，也有超一米宽的河水，弯曲成各个不同程度的柔韧的弧，在阔达的河道中央，自在流淌。

那时，这条河是一道风景线，绝对的风景线。试想，两岸没有楼房，农家屋舍依山而建，屋前是良田百顷、冲天绿树，河滩里除了洁净的沙石，便是萋萋青草，繁复丰茂。夏天，在河里嬉戏的不只是鱼虾，还有一群群的孩子们。欢声笑语不时激荡起一条河的热情，红花灿笑，绿草和音。

多年，整个人湮在生活的琐碎中了。和一条河的感情纠缠也时有时无。偶尔想到它时，也只是一弯溪流，静伴着两侧闪着亮光的碧草，让人精神大振。

所有未尽的缘都会接续。我的家竟然搬到了河边。正应了那句话——一条河流过我的家门口。于是，夸张的人工修建的泱泱大河的河边，成了我最喜欢独自徘徊的地方。远眺悠悠太行，"两岸连山，略无阙处"，心境自由。近看"夕日欲颓，沉鳞竞跃"，生机盎然。

日月轮回。又是一夏，又到了盛水期。

拦河的橡胶坝撤下了。此时看水，会远思水势，近观水道，还会粗略地估算一下雨季长短、雨量大小。河水由清变浊。水大时，竟有了浊浪滔天的气势。水较小时，亦是我行我素，日夜奔流，至今已有月余，晨曦暮霭中，旁若无人。

河岸边，稀疏钓者不绝，浅蹚水中的，独坐水边的，皆静默自在。是为鱼？是为静？

河，还是那条河。水，依旧向东流去。河水自在的身形，已经凝固成了一幅不改的图画。此时，再读到叶嘉莹先生对"任真"二字的解读，不由对此时身边的河水更加生出爱意。

还是那顶帽子

山那么深，秋那么深，这一日又是那么重。

山村的小路容不下两辆车子并行。抵达时，不得不停下，停在一辆不知主人的车后面。没想到十分钟不到的这一停，竟然接续到了十七年前的那个场景，说出了于心底埋了十七年的那句话。

和眼前这位名叫赵新的老作家握过手，我在想，这位老人究竟在心里生动了多少年呢？

从青春的脚步开始数，在家乡谁人不知你呢，那时还不能说你是一位老人。抬眼间曾在保定裕华路最正中的墙上，看到过一块编辑部的牌子，那时就知道，那块透香的牌子的"主人"，是你。那一片翠青的心丛里，充斥了仰慕和自豪。为你，也为生养你的土地所散发出的醇厚的香气。

遮掩一下这个日子带给心的所有的思念和沉重吧。

找到一个还算清雅的所在。我正好坐在你的对面。

是第二次见到，在我却是第一次这么近、这么认真地打量你。依旧是十七年前第一次见到你时的那顶鸭舌帽吧，还有那支烟，那张淳朴的脸，那双智慧的眼睛。在这样一个特殊的日子里，那支烟的烟雾里飘出的，应该是你一生中写过的一首诗吧。

"……那一半凉了的被窝……"我知道我不应该在和你面对面坐着时想这些的，但是我的思维深处还是想到了这些。没办法控制自己。但我能做到不说出来，不伤你的心。

作为晚辈，我不想在你面前，把那些藏匿了十七年的心里话，再继续藏下去了。

那是个人影模糊的黄昏，时任市作协主席的你高高瘦瘦，又是那么夺目地第一次迈进我的家门。我和爱人一同招呼你和同来的表兄入座，然后你们便开始了要谈的一些话。我，只是在听，侧坐在一旁听，怀里抱着哺乳期的儿子。因为停电，我只看清了你的帽子，以及你慢慢吐出的烟雾。你却没有看到，也根本不会在乎有我这样一个人存在。我无从提及那些潜于我内心深处的感情。时间不长，你和表兄离开时，我的心像被什么划拉了一下，一直到现在还有感觉。

真没想到，十七年后的今天，在我一次次从梦里醒来，又一次次走入梦中之后，我和你面对面坐着了。接了我的话茬儿，你是那样漫不经心地说着关于写作的种种。可当你知道我这样一个晚辈应该算是在你的麾下时，我感觉到你的许多文学细胞明显兴奋了起来。那是真正来自内心深处的几分欣慰，几分相遇的轻松和恬适。

右侧是你的女婿和孙子，左侧是你的两个女儿相陪着，都不想让你多喝。你的二女儿和其爱人是同学，我说这种同学情和果树一样，是原株的情感，是没有嫁接过的情感。你说我说得对。而你对这块土地的情感又何尝不是这样呢，你不是也说你已经在村里住了好一阵子了吗？难道此生你能割舍下这种对家乡、对写作的情感吗？

曾想过到村里郑重地拜访你，也曾有机会在饭桌上遇到你，可是我都让这些机会过去了。或许十七年前的那一天，那种隐隐的触之不到的失落还在心里。偶尔也想，就当是个梦吧。

什么不是梦呢！

过去了十七年，坐在我旁边的儿子已从怀里挣脱，长成一米七多的高中生，而你，却还是那顶帽子，还是那支烟。但有儿子见证的场景，多么逼真，多么有说服力啊！十七年过去了，当着一桌子那么多人的面，我把藏在心里的话都吐了出来。

最近，在一个全国小小说大赛，你又获奖了。同时，你还获得了中国小小说创作"终身成就奖"。走到今天，你身上的光环，一环套一环，可在你的一举一动中找不到这些，在你的字里行间找不到这些，你永远是混在山间，让人分辨不出的那个最普通的人。而你，又什么时候想过弃笔从闲、悠然度日？写作是你的生命，这样的句子用在你身上，再恰当不过了。

你仍在写，一直在写。你是农民的儿子，你一直在写农村、写农民。

临别，再凝视已远过古稀之年的你，还是那支烟，还是那顶帽子。

相信岁月会珍惜你的！

早晨与美的印象

一、早晨与美的印象

早晨，似乎临水更近、更静。车少，人少。几行垂柳也在独享一份相对的静谧。

一直偏爱垂柳，无论离得远近，只要进入了我的视野，就会心中生喜。

于我，这是柳树的美打动了我。挨得近时，还总是一次次地用手漫梳柳枝，就像遇上了讨人欢喜的女孩子的发辫。那是一种细微的认真的喜爱。

无风时的秋水，水面也总在微微颤动，于是思维又在静与动中，多次徘徊。

路旁，有一条不起眼的路，我知道，这是往居民区的一条通道。思维和意识暂时分离，还是想看到什么久远一些的存在，也不是十分迫切，由着性子，竟然随意开始往里走。临街的建筑见得多了，视觉不免疲劳，早起的人多起来，也是一色的行色匆匆，赶着时间锻炼身体，赶着时间越过水，越过柳树，越过前面的时间。似乎都在奔跑……运动的人多起来。静，就相对越来越少了。相反，与先前不同的感觉是，好像时间也不再是静止的存在，也开始运动起来了。

相对于运动和静止，目光里一片茫然。似乎更愿意看到老的房子，老的藤本植物，老的经历过岁月风霜的家具和老的杯盏。与此相反，一些新生的事物应该在另外一种梯次的生活模式中，生发出另外一种美和力量。比如，一位视时间比金子还贵重的年轻人，可能请假为一只无意被撞而亡的猫举行一场小小的葬礼。比如一位骄傲无比的小姑娘可以为一朵花落下珍贵的泪水。而这些都需要有一种相对坚固而绵延不断的力量，做运动的永远的底色。

一只纯白色的狗从我身边走过，我不知其名，在我清浅的思维里已经有一种静止，那就是拒绝去知道它的名字。现实就是，这一刻我们相遇过。而且，在一瞬间，它已经成了永久的过去。

继续，沿着未来的时间行走。还是微微颤动的水，垂柳，各自在生存中一直挣扎，互相不熟识，也从不去想要熟识一些行人。

一切都自然而然，思维的波动是轻微的。低头，槐米花总是一天不落地漫地撒着，一位大姐在呼啦呼啦地扫着。扫帚划过的地面，时间不长，又是一地落花。

二、穿行

初秋的北京，穿行在薄如蝉翼的夜的帷幕之下，遇上了雨，似有若无的几滴雨，滴在发梢的同时，也正缓缓地轻弹出晨曦中最明净的光芒。

独自走向一汪水，去看望很熟识的河边的植物们。

秋意中渐渐泛出些微黄的毛竹，没有一丝倦色的迎春，<u>丛丛簇簇的</u>杜仲，还有一河的柳影。

又看见了它们。我忍不住独自微笑。在心里，从来不在乎它们的模样，只在乎在我一次又一次走近它们的时候，不要失望。只要它们还是它们，就好。它们的模样永远应该是自己的模样。

所有的植物都还是自己的模样。比如毛竹上的枯叶，比如杜仲树上的细小干枝，比如脖子过分探往水面，树干极度屈曲的柳。每个人都知道，在自然界审美的范畴中，这些不同的存在构成了美学中最重要的部分。

倒映在水中的灯光和我一样，也遇上了几滴雨。只是一刹那，水面上便有了更多的点点的光。

柳枝微微说着秋天。天光布满了视野。一切瞬间通透起来了。整条街越发宽阔。

不知年的白蜡树，虬枝劲现，在视野里兀自成行。路面上的叶子从无到有，还有早落的，地上便黄乎乎一片，和季节相映成景。

心下略感宽慰，离这条街越来越远。离自己越来越近。

三、从终点到起点

谷雨第二天，山前几点细雨，慢慢悠悠地落着，前后左右，布谷鸟的叫声从来没有过那样稠密。细听，不远处传来细微的树枝断裂的声音。叭的一声，心抖了一下，又叭的一声，心又抖了一下。一下，又一下……

站在昨日还是"绿水人家"的房屋废墟上，一步一步，挪过一片废瓦，又小心地挪过歪斜着的半块青砖，身体要保持平衡，便要在这上面不停寻找着落脚点。不停地……

真的很静，是返古的感觉，就像从来没有过人类。不同的鸟鸣起起伏伏、长长短短地迎合着春天。其实还有别的声音，认真听，是的，还有时间断裂的声音。

来过这里多次，也许这是最后一次了。人类在保持一些事物的完整性之前，要远离这些完美的事物，这些终于回归到自然的事物。还有一些经历过的破碎的断瓦残垣。

无论从终点回到起点，还是一直盘旋在起点，无论是断裂，还是接续。看见一个破旧的罐子，路边有被遗弃的几枝杏花，捡起来，插进罐子中，退出几步再看，古朴而典雅，又似在默默祭奠永远失去的时间，也似一个凝固了被赋予了某种意义的作品一样。

于是，再回头看我们，始终没有走出自己。

从此马兰路

　　"故乡如醉远，天末且栖迟。沥血输邦党，遗风永梦思。悬崖一片土，临水七人碑。从此马兰路，千秋烈士居。"从这首诗中，不难读出马兰路上曾发生了什么。

　　之所以以"从此马兰路"为题，来浅叙近代史册上的这份由鲜血、泪水和情感缠在一起，由悲壮绵延而来的真实存在，是缘于走近了这份情感，被这份真情牵扯，内心再无法平静。

　　1943年，一位历经无数次战火硝烟洗礼的伟大的新闻工作者，在马兰村一次失去了七位战友。后来，为这七位战友立墓碑时，他用一颗心蘸着鲜血和悲痛，挥笔题下了这首诗。而其中一句"从此马兰路"，成了这颗心及其后人心中永远的精神路标。

　　时隔几十年，又一位近古稀之年的前辈，在马兰这个小村里的一间房中，用粉笔在黑板上一笔一画，用心良苦地写着"哆、来、咪、发、唆、拉、西"，她在用标准的普通话耐心教着一个个刚刚在泥地上玩耍过，一首歌都不会唱的村娃。她边教边纠正这些孩子的发音，其神情之专注，其眼神之和蔼，正是"从此马兰路"最真实、最让人心动的写照。

这两个人是父女。

前一位是晋察冀日报社的创始人，新中国成立后任人民日报社社长兼总编辑的邓拓同志。后一位，是他的大女儿邓小岚。

我们的老一辈革命家邓拓同志，将心灵的好大一部分，交给了马兰。也将这条时常走的、由心中通往马兰的路，刻成他重要的人生计划和最值得珍视的情感寄托。

他不会忘记，1943年秋，落叶飘零，凉风瑟瑟，七个日夜工作在一起的战友被日寇"扫荡"时无情杀害，同时，马兰村十几位乡亲在遭受无尽摧残后也同时被害，这就是"马兰惨案"。但，没有一个人说出当时的印刷机器的埋藏地。当一切稍安静时，邓拓同志亲自为七个战友选择了当时部队的驻地——马兰村，一个状似雄鹰的山冈旁，让他们英雄的灵魂得以安息。他们的旁边有条小河，它是含泪流淌了千年的胭脂河的一个小支流。

因为革命，这山、这水，也一定含泪读过1944年在这个不起眼的马兰村诞生的第一部《毛泽东选集》。1945年，邓拓同志在马兰村题下这首纪念战友的壮美诗篇，他生命的缆绳也从此和马兰村的根须联系得更加紧密。

1980年，邓拓的妻子丁一岚在邓拓离开我们十几年后，会同当地政府，对烈士墓进行了整修。1997年，邓拓的女儿邓小岚、邓小虹再次来到马兰村祭奠烈士。

也许和马兰村的缘是前世注定的。邓拓同志的笔名马南邨，是他最喜欢的一个。在距马兰不远的一个山村出生，被寄养到三岁才回到父母身边的邓小岚，2002年退休后，也坚定地踏上了通往马兰的路。从1997年开始，她决定为马兰村做点什么，这成了"从此马兰路"的令人心动的续曲。

缘，从父辈开始，无法解开。而今，近古稀之年的邓小岚，一年无数次搭乘公共汽车进出太行深处的马兰村，她的内心深处对这块土地，又是怀着怎样一份爱呢？

多年以来，毕业于清华大学的邓小岚，有着音乐天分又酷爱音乐，在马兰村组建了一支小乐队。她总是从北京坐公共汽车来阜平，住最便宜的小旅店，将就着吃饭。除了将工资的三分之二用在这块土地上，她还找来亲友捐赠的新旧乐器，用在要让这块土地生动起来的事业上。要这块土地上只知道用心歌唱的朴实无华的孩子学习乐谱，相当于为这些生命重新嫁接一个又一个的艺术细胞。其难，可想而知。从最简单的开始，从最容易识记的简谱开始，从一个个从没接触过音乐的淳朴的农家孩子开始，那些无法描述的难度，那些经年不懈的努力，这里的山水，这里的乡亲们都看到了。她自己写歌词，自己谱曲，教当地的孩子，教当地的老师。她和孩子们一起动情地唱着，唱着……

多少年啊，一粒粒泥丸被整形，被烧铸，与风雨相接、与心血相融，成为耐看的艺术品！

当吉他、二胡、电子琴、手风琴、葫芦丝等乐器合聚，当一个个孩子心手并用、发出自然和心灵协奏的乐声，当这些心升华到一个更美好的国度，从自然之歌到心灵之歌，从世界名曲到她自己谱曲的童谣，马兰村小乐队正式被人们认可。2008 年 10 月，邓小岚带着乐队在北京中山公园开办了一次小型音乐会，受到当年晋察冀日报社老同志们的热烈欢迎。2010 年 8 月 8 日，邓小岚又带着乐队出席了在北京龙脉温泉度假村举行的第四届中国优秀特长生艺术节开幕式，精彩的表演赢得了在场所有观众雷鸣般的掌声。

中央电视台老故事频道总策划阿里老师，为在这条路上走着、歌唱着的小乐队拍下了 MTV——《马兰的歌声》。

如歌中所唱，"胭脂河水长，从那天上来，要问去何方，宁静的村庄，沐浴着阳光，唱起这歌谣，铁贯山笑了……带着我的梦到远方……"

这些孩子、这个村子，由一颗爱心引着，被音乐带到更远的地方，带到能看到梦的地方……

而今，她的心住在了马兰。

除了每月一次不折不扣的长途奔波，每年夏天，她都会带着她的爱心团队，从北京到阜平，在纯粹的大自然之间，为当地儿童开一场别开生面的"森林音乐会"。

歌声响起，群山和音。

马兰路，是她的父辈走过的枪林弹雨的路，是一条用鲜血和情感铺就的路，是她怀揣爱心又走了多年的路，是"从此马兰路"。

丢在村里的魂

人有魂，村里的老人们都这么说。

我的魂曾丢过多次，每当儿时的我病恹恹时，总被说成是丢了魂，而且，还能被说出是丢了多少。由于爱子心切，母亲每次总是十分相信，十分虔诚地用一些特殊的办法帮我找魂。然后，我的病会好。这样的经历，不止一两次。

记忆里，只要我耷拉着脑袋不精神，母亲便会找来奶奶，奶奶总是底气十足地将一些土办法用在我的身上，什么针扎手、用荞麦面辗背、捂被子、喝卤过的鸡化食丹等，这些经济实用的民间偏方，对体质较差的我来说，简直像家常便饭一样。至今还能感受到被捂在被子里、发热退烧的无奈；还会想起正午时，被握住无力缩回的小手挨针扎时的刺痛。

高热时无力挣脱的感觉仍记忆犹新，因多是头疼脑热，所以多数情况下也很管用。只是到现在，过不了思想这关，有种被虐过的无奈。当学了医，明白了出汗后高烧能退；明白卤过的鸡化食丹（后来知道叫鸡内金）确实是助消化的好东西；明白那些手指上被针刺过的地方，是健脾胃的穴位后，那些昔日留在心里的痛和阴影才稍稍减了些，才将"被虐"这个词在心里悄悄换成"没有办法的办法"，那是一种生长在贫瘠土地上的带苦味儿的爱。

能解释明白的，全明白了。至今不明白的，仍是为什么我的魂会丢。我的魂常住在哪儿？什么颜色？曾经丢在哪儿了？这些问题，在我长大之后，再没有认真想起过。

等到面对一些现实，认为能想得较明白，能处理得较有逻辑时，无意间又有了丢魂的感觉。

喧闹的城区，找不到曾经歇息过的、充斥着无边喜庆的自由空地。硬邦邦的水泥路面上，雨天积水，晴天扬尘，一辆接一辆的车子从身边疾驰而过，看不到里面填充着的是喜还是哀；脸色白皙的女人们的白，透明中挟带着冰冷，和记忆里的鲜活相比，少了亮晶晶的生动，少了无拘无束、与生俱来的欢喜。最令人感到失望的是城里永远没有整齐的夜晚。曾经轻拍几下土就能吃的香喷喷的果实，在城里是没有的，任你在哪儿，都不会找到。

穿行，几十年以来，我在现实的缝隙里，忙忙碌碌地穿行。

疲累时，从没想过是不是其他原因造成的。总是一味地检点自己的行为，看前行的方向是不是笔直？扪心自问着，是不是浪费了过多的时间和精力。同时，不管如何努力摆正人生的船桨，都没能换到内心真正的轻松和恬适。

直到有一天，因了一位远亲，一位大娘的离世，我回到了朝思暮想、爱恨交织着的村子。

也许，真的是我丢在村子里的魂，重又回到了我的身上。

自从走进村子那一刻起，无论是站着、走着、说着、笑着，都是胎儿依恋母腹的自在安然，是一种无比贴心的归属感。

阵阵山风漫拂过山冈。近春的土地依旧清香松软。脚下，我曾踩过多年的碎沙并不碍我，我的脚步轻快有加。那些比往年更加粗壮的树木，依旧识得我，随风晃着，对我的归来表示欢迎。不再认识的村童，三三两两，跳跃着跑过，笑着远去了。远去时，不忘再回一下头，冲着我指指点点，许是小声议论我和村子里的人不大一样，是个戴眼镜的"外来"人吧。

遇到新婚时被我们一群小孩子闹过洞房的嫂子了。二十几年前的那天，火红的嫂子发的糖果的甜，还在嘴边，嫂子却转身做了婆婆，做了奶奶。旧日婀娜的身材没变，只是脸上写满了沧桑，也写着儿孙承欢的喜悦。看见我归来，笑着说我瘦多了，问我是不是工作忙？说干什么也不容易，又管着那么多事儿，家里还有老小要照管。在我笑着应她时，似乎听到她的心正细细地嗔怪我说："你不是喜欢我那棵粉色绣球花吗？早早给你挪好一盆，这么多年了，为什么总也不来拿呢？"

那盆粉色的绣球花，确实是我开口向嫂子要过的，也是这位嫂子帮我精心挪植好的，却一直没从她家里拿走过。

她的公公，史册上标明他名字的老军人、我九十多岁的大伯，正和他被岁月磨得滑亮滑亮的拐棍一起，并排依偎在嫂子家的院墙外，安神地晒着暖和的太阳。

他已经认不出我了。待我凑到他的耳旁说了我的乳名，他脸上的肌肉开始不断地抽动，迅即张大了没有一颗牙齿的嘴巴，兴奋地笑出声来。

"哎呀，你回来了！……"

我紧紧拉住他曾用力握过枪支的手，已明显有了木质的感觉。我大声地说着，劝着，要活动，也不误晒日头的话。不由得我的眼里汪着泪水了。大伯听明白了，一边点着头，一边欢喜地笑着。

显然，他们的心里都有我。此时的我，更认为我的魂没有离开过，无论几经风雨，它一直和村子里的人们日日相依。他们也从没有抛弃过我。

终于，我信了。

我有魂。我的魂大部分都在村子里，替我守着这块生养我的土地。

永远的协和

那年的那一天，从一脚踏入"林巧稚前辈的协和"几个月，到今天的再见到，似乎只是眨眼之间。

若干年过去，早已不记得老楼的雕梁画栋和古色古香，只是脑中那一张张以时间为上、孜孜以求、认真做事的容颜，如这熠熠的汉白玉栏杆，让人终生铭记。

时间一长，才了解到因为职业关系，我眼睛里的他们患上了不同的疾病，眼病和关节疾病最多。眼病当中，患病率极高的又是散光和弱视。一动不动连续工作几个小时的他们，绝大多数还是颈椎病和腰椎病患者。这仅仅是一个科室的局部，我没有能力去统计其他科室的相关情况。

再一次看到林前辈的铜像，我站在那里，默默地看着她。因为她，这里成了一个女孩子曾朝思暮想的地方。首次来到这里，我深切地感受并体会到了协和精神的传承，一个为了医学事业终身未嫁的女子，她成就的是天地间的大爱。许是因了对心灵的再次触动，陡然间，竟又生出了再次外出进修的期待。

心中一直惦念着这座宝塔中辛劳的老师们——惦念最多的是姜老师和刘老师，已近八个年头没有见到过他们了。其间又发生了什么，怎会得知。只是相信，那个埋头苦学的阿妹，一定仍旧勤奋着。

不得不相信缘分。

当我第一次敲门时，一张笑脸果断地迎了上来。从这位博学的阿妹口中得知，她博士毕业之后，已到美国进修了两次，为期三年。当我上午冒失地找到她时，她已回国多日，并且下午才会有班。如果我来时她正在美国，如果我来时她正在值班，是不会有时间和我说哪怕一分钟话的。可是，我又在嗔怪时间，时间的臂膀太长了，当我看到她额前飘然的白发时，我一下子愣住了。比我小几年的她竟然这么早生出了白发，一丛丛的，站在近旁的我生出了无尽的怜爱。

她说："你应该去看主任。"

自己何尝不想去看望那位德高望重的当年的主任。只是他的时间何其珍贵，我又是多么不忍心让他浪费时间和我说话。在人与人之间的尊重范畴内，我相信，这是最珍贵的一种尊重。

他最明白基层医院是怎样的薄弱，他更明白基层医院需要的是什么。许多年来，他做了太多的努力。

在阿妹的劝说下，我还是用单指叩了两下那扇我敬重多年的房门。

门开了，那张不知培育过多少名医学博士的笑脸，显然有了岁月的痕迹。我笑着和老师提起了昨日，老师笑了，紧紧地握住了我的手。我在那笑声中看到，他仿佛又看见荒凉的群山中生长着一株倔强植物。那笑，于这天地来说，是那么真实。

东门、西门、南门，我环顾这所综合性医院的沉静与执着，思绪便长到不能再长，重到不能再重。

近夜，步行不到二十分钟，我漫融在了长安街的灯火之中，透过那逐渐明亮起来的灯火，我望穿了整个世间的尘霾。

四季里，一个又一个无声劳作的身影，站在心的高度，目之所及，是人世间纷杂的病痛。

如月清香依旧在

阡陌红尘之中，一弯散发着清香的新月般的笑，在我低头看雪的一刻，绽亮在我的眼前。

——是亲爱的王兰芳老师。

这是怎样的一份感动呢？赶上放学时浓稠如胶的人流，她竟能识别出衣不着色的我来。雪花正舞得欢喜。老师柔唤我的声音，伴着雪，点燃了凡心中温热的情感。

冬日净白的雪中，新月般的笑脸，灿笑的学生。不是当年，又是当年。含笑凝视着老师温和的脸，几朵雪花飞落在老师的几丝银发上，我的眼里，再分不出岁月。抬指，我将那几片晶白的雪花，轻轻掸飞。和仍笑着的老师说话。

去年盛夏，一直孜孜不倦耕耘讲台二十余年的我的语文老师，因严重的腰椎疾病，不得不到北京一家大医院做了手术。术后医嘱是须卧床三个月。在这期间，我竟然没听到一点儿消息，直到老师康复时才知道。我责怪老师不告知我。老师说："原本想给你打电话了，我在家里也躺得烦。你想一个人好好的突然就得躺三个月，也是难受。好几次我拿出手机，又放下。终是没打。我当时也想了，想如果你知道了一定会来看我。可是如果我打电话给你，你那么忙，还要放下工作来看我，于是一而再地犹豫着，电话就没打出去。"

听到这些，不知再说些什么。

结婚时，我的老师手捧着鲜花参加了我的婚礼。儿子出生时，老师又在工作之余看望了我。常常想，自己太行青草一株，何德何能，得老师如此关爱！只是老师辛苦教了我，我多多回馈老师的教育之恩，才是正理。

可病后的老师竟然在二十多年过去之后，依旧保持着内心的那份矜持和那份不忧人的心思，独自承受着病后少人相伴的寂寞与痛苦。

无数次感叹过这个世界，轰然起伏的人情世故。可此时我的眼前，是开在千百年前的雪地莲花的倩影。清素的夜中，有一弯新月，永远静悄悄地向着人间散发着清香，无悔而持恒。

是该让老师歇歇了。

没想到的是，上了班的老师在后勤只休养了两三个月，靠金属配合支撑着腰椎的那弯新月，又站在了讲台上。这次，老师打来了电话："和你说一声，我上班了。""教课？""是啊！""教吧，否则是学生没福气。""这样活得踏实。"

除了对生命个体的感动与尊重，只有支持。

现实是清晰的。许多年轻力壮的老师为了省心，从一线毫不犹豫地退到了幕后，只做简单的后勤工作。而已过知天命之年的老师依旧备课、做教案、讲课、评卷等。站在讲台上的她，一如当年站在讲台上教授我时一样专注用心。

"老师，祝您节日快乐！"教师节，我发给老师短信，"是我的老师，就得永远教我。请教一个字……"在我遇到一个字典上查不到、网上查不到的汉字时，我还会拨通老师的电话。

说着，笑着。

在电话里，我能看到老师的笑脸，依旧如月的安静，依旧如月的清雅。那份源自工作的诚挚，是那样的淳和真。她还说，她很高兴我依旧喜欢读书。这话我听到了。而且，我还看到：天空下，待拔节的众多的青青生命，因了沐浴到如月光般醇正的清香，正稳健地生长着，郁郁葱葱。

男儿初长成

儿子来电话，说手被玻璃划破了，正在外科。

爱人接了电话走出家门，心就乱作了一团。

凭着专业知识，漫无目的地开始想象，他手部的伤情到底是个什么状态？是单纯的皮肉损伤？有没有伤着肌腱或指骨？出血多不多？是左手还是右手？他会不会着急？肯定不是他一个人去的，有同学陪着。想着想着，就开始无端扩大那痛，越来越痛，心就没了重心。如果是一点儿小伤用不着到医院外科的呀，校医室自会处理好。到底怎么样了？

看了眼身边的女儿，这么晚了，否则要带她一起到医院去。就这么胡思乱想着，不敢再打电话给爱人，知道他正开着车，就开始预测他走到医院的时间。好等他把一切看在眼里，就打电话问清楚。女儿玩得很尽兴，极得意地背诵着汉字字根，一本《说文解字》上面的字竟然大部分都会认了。等她眼皮开始打架时，还不忘说："还没有讲故事。""不讲了，嗓子不好了，哪里还有心思讲故事。"就这样说着，边用手抚摸着她细软的头发，让她感受到我的存在。她已经听说她的哥哥发生什么了，知道哥哥的手受了点伤，问为什么受伤了之后，就不再强求我讲童话故事了，很快就睡着了。

再等。又等。其实等的时间并不长，等我焦急地拨通了电话，爱人在电话里说："大拇指的肌腱部分断裂，处理好就回了。""左手还是右手？""左手，左手不影响写字。"

一颗悬着的心终于放下了。

整个人软软地倚在床上，什么都不想了，支棱起耳朵等着楼道里传来脚步声。什么都不想了，却什么都在想。想若干年以来，一直对孩子从没有过多的呵护。只是在心里看着他成长，或者让他独自面对什么。从小学四年级开始到六年级末，整整三年，老师一直安排他和几个男生共同搞学校厕所的卫生。三年，他挺过来了。对这事，他抱怨过，说不公平。我也认为不公平。可我感觉在这个事情上，我不能说什么。因为只要有变化，他就知道我和老师沟通过了。岁月悠悠，如今高过我许多的他，不知有没有忘了这些，不知他有没有准确理解我内心想要让他领会的东西。现在的他，似乎已经过了青春期，用他自己的话说：平和多了。

脚步声愈近，我紧走几步开了门。他走在前面，见到我，笑着。我迅即看到他的手，被固定着，从脖子吊绑着晶白的绷带。同一栋楼的同学护送着他。进了门，笑眯眯地叫了阿姨，就走了。

看着我，他笑着。我不想笑，却挤出一丝笑，在他看来不知这笑有用没用。再过十几天，他就满十八周岁了。

这个在春天出生的孩子啊。

我又开始回想，想我陪你就医的不多几次。每一次你都那么坚强。这一次你一定也一样，你不会喊疼的，我太了解你了。你一定会说不疼，没事。在你心里，你是男人。你不说疼。忍不住，我还是问了你。果然。

无论如何要用抗生素。爱人带了药品回来，家里却找不到输液用的辅助用品，诸如医用胶布、止血带、碘伏等。不记得从什么时候开始，家里不再准备这些了。于是，爱人又跑了一趟。

转来转去，我在找能绑瓶子的绳子之类的东西，最后把多年来放在针线盒里用不着的带子剪开，分成两根，熟练地捆在瓶子上。

备好了。挂了瓶子，排空输液器，拉过另一个胳膊，翻过手。没有止血带，以往都是有别人在身旁，用一只手帮着握紧一下就可以。可现在爱人正在楼下找车位。你的另一只手正伤着，我的双手又腾不出一只来。顿了顿。用松紧带吧。

心依旧疼着。拿起你的手，把你的手放在我手中的一刻，思绪就飞到多年前。第一次给你肌肉注射，多么难以逾越的精神障碍啊。小小的你用手护着臀大肌，皮肤那么细嫩，拿在手里的注射器针头就越发显得无情、冷酷。捏一下，又捏一下，不知第几下才狠下心来。那疼也一并刺入了一个母亲的心里。

捆好。我看你手背上一条条深蓝色的静脉，我需要找到一根，让药液滴入你的血脉。多少年没有扎静脉了？你说："这么粗，应该没事吧。"可是，是你的手。我手捏着针，心里还是不信任自己。

看着那条蓝色的生命之路。我将针对准了它：没有回血？我问自己，没扎着？一捏。挺好的。一条回心的血管也来吓我。

"疼不疼？""不疼。""不疼？""真不疼，没事。"突然，你笑了。似乎这一场惊和你没有丝毫关系。还和你小学时读儿童漫画时读得笑出声来一样：独自笑起来，突然笑起来，毫无保留地笑，笑着笑着最后会笑出些声音来。"你又读儿童漫画了？""不是，我在笑那块玻璃，同学们撞坏好多次了。"

"为什么？"

"设计不合理。楼道里走路正对着，为了保护同学才弄成这样的。"

"好多天才能好，影响学习不？"你又笑。这次你是笑我，还笑出声来了。真想打你，一个永远过分自信的家伙。

你总是时不时地抬头，看液路。好像我这个医生看护你一个也靠不住一样。粥煮好了，我喂你，你咀嚼着。我才知道你喝米粥依旧会咀嚼这么长时间。我逗你："真是细嚼慢咽啊。"你不吭声，依旧慢慢咀嚼。我太了解你了：对于生活中的细节问题，你也一样，会细细咀嚼。

等着换下一组液体，我怕你睡不好，起身熄了灯。有客厅的光在，能看清滴管就行了，等滴完，有我在，我会做其他事情的。你睡吧。不知不觉已是后半夜，我拿来一个枕头，伏在你身后，问你这床能不能伸展腿，你说能。我又轻轻地摸了摸你的头。

这次，你竟然没有反抗。

出了不少血，还缝了几针，伤口不会不疼。可你说，真的不疼。你的话，我信。我没有理由不信。你已经是个男人了，你不会说还差十几天吧。况且时间这东西所能给予我们的，很诡秘，很难以捉摸。或者这样说：从儿时你一定把妈妈护在公路远离机动车的一侧起，"男人"这两个字就已闯入并占据你的心，许多许多年了。

关于哭

　　小时候没少挨揍。一旦做错了事，娘从不手软，会麻利地打上我几巴掌，我便哇哇大哭。村子不大，我把哭声尽力拉大拉长，好叫人知道娘又打人了。

　　一步步走人生路，慢慢地认知世界。终于知道，哭应是一件很神圣的事情。

　　于是决定轻易不哭，还在办公桌上精心写下"笑着工作，笑着生活"。自我感觉还算艺术化的描笔，叫人一看到"笑"字，就知道是一个人在开心地笑着的模样。

　　哭的本能被我藏在了精神世界的最里头。晨起的眼泪除了人体本身的功能性用途，和情感基本不沾边。经历了太多世事无常，似乎养成了眼泪倒流的习惯，并暗暗告诉自己，不论多难咽的苦都要咽下去。

　　平素无事时，常常读一两首诗，读得多了，有了一种评判诗好坏的最原始的方式：那就是和听到某些歌一样，闯入耳朵里的便是好。诗也一样，读到心里，似乎是别人在替自己思考，而且是恰恰叫人掐着了神经系统的指挥部一样，不深不浅，不远不近，角度和力度再正好不过地被拿捏住了。这样一种准确表达，须经几十年积淀，长时间思考，而且更恰当的比方是对方的表达，就像另外一个人也照此活过的自己一样。这得多难啊！相信此时，人们都在感慨，并深深理解了伯牙摔琴时的决绝。

　　不久前的某一天，又读一首诗。读着读着，因为一两句现代诗，眼泪竟然流下来了。眼泪流出来不是容易事，一边感恩一首诗对枯竭泪腺的拯救，一边体会眼泪顺着一首诗汹涌弥散的过程。瞬间，眼泪所润之处，对世事思考的脉络，就又清透了几分。

遥遥杏花村

天底下到底有多少个叫杏花村的村子，我说不清。烟雨迷蒙之中，隐在杏花深处的一个名叫杏花村的村子，却成了我们几代人永远的念想和牵挂。

从没有走近过这个臆想中的杏花村。更不知这个杏花村，和汾河边那个"处处街头揭翠帘"、美酒飘绕的杏花村，是不是同一个杏花村。除了这些，还不断构想着那个村子的三月芳菲季：山山坡坡开满杏花，村中流淌着一溪春水，鲜艳活泼、面如杏花的姑娘们，折一枝杏花跑来跑去嬉闹着的孩童们，微含笑意、面色红润的老人们，就在这杏花初绽的季节释放着一腔春日的美好情愫。

因公到几个乡镇，途中眺望着随行而现的山坡，山上一树树杏花已粉墨登场，如镶在山体上立体感极强的、纯粹的春的情结。久处室内，猛见此景，如三五知己聚在杏树下饱饮杏花美酒一般，真的醉了！是时间的手描绘的春天的大写意吧！

透过这缕缕春色，心不由得飞到了梦中那个开满杏花的地方。

若干年前，杏花亦正开吧。

不再打仗了。再也不打了。一个军人复员离开了部队。他是不是厌倦地扔掉了所有和打仗有关的随身物品？他早已没了爹娘，有的只是贫困地守着几亩薄田的哥哥和弟弟，也许当他走到那个叫杏花村的地方时，他累了？他渴了？他再也走不动了？还是被杏花村里一个面如杏花的姑娘喜欢上了？

他的脚再也没有迈出这个村子。

终于长到五六岁，知道了杏花开的季节是春天，奶奶曾满脸庄重地对我说："你二爷爷打完仗，就再也没回来。因为弟兄好几个，我们最合得来。几年间给我们来了好几封信，说他在山西杏花村结了婚，生了两个孩子，家里还有牛。""那你们回信了吗？""我们也不会写字，就没回。""后来呢？""后来就再没信了。""你们也真是，也不去看看他们。""那么远怎么去呢？家里吃了上顿没下顿，就这么没音了。"奶奶和我这样一问一答，和我这样小的孩子说这些，谁又能说奶奶不是在自言自语呢。

若干年后，再提起找与不找，年近八十的奶奶便不作声了，像做错了事。后来，我理解了奶奶的苦衷，爷爷过世早，一手拉扯四个孩子长大、连自己的名字都认不出的奶奶，若是走出河北去找人，简直比登天还要难。

杏花开过一次，又一次。叔叔在部队当兵时曾到山西叫杏花村的地方找过。大爷爷的后人——我的侄子从事地质工作，曾到陕西也叫杏花村的地方找过。至今，那个盼着和亲人相聚的灵魂，到底在哪里呐喊呢？谁又能知道呢？杏花村，真正成了我们几代人难解的心结。

因网络便利，我曾在汾河的杏花村附近发帖寻亲，未果。也曾单独申请了一个寻亲号码，加过临汾等地不少好友，甚至还把电话打到那个著名的杏花村酒酒厂。可是哪个才是牧童指给我们的那个杏花村呢？无意间再一次追问过，或是听奶奶絮叨再次说起，奶奶说的好像是延长县的杏花村。记忆终归是靠不住的，何况时过境迁，现已九十多岁的奶奶根本分不清陕西和山西。

今天，恰值清明节，滴滴春雨滴落在季节的核心，似在着意敲打岁月，并敲打着映入眼帘的杏花，向世人诉说着道不尽的思绪。早春的雨滴真不算小，滴落在肩时更觉出了它性情深处的情谊。天地间苍茫起来，消逝在岁月里的身形是那样的难以捕捉。季节再次坚定地轮换时，这雨更显出它拥有着不可替代的分量：清明的雨所承载着的还有一份虽遥不可及，却斩不断的亲情吧。

泪眼蒙眬中，一个渴望魂归故土的身形就越走越近，直到再一次隐身在杏花深处，隐身在大地的怀里。

多年来，有人在山的这边，望那边。

多年来，有人在山的那边，望这边。

只有天和地才能听到的呼喊声，可穿越清明的山冈，穿越深情的季节，相逢在清明的雨中。在这个清明，透过痴痴的眼神，感慨这场雨若是相逢时激动的泪水，浸润到思念的心田，该有多好。

一个看不清的杏花村，一树树望不到边的杏花。一个被亲情雕塑而成的亲人的影子，在这个春天，在滴不尽的清明雨中，更加清晰明了。一种怅惘的思念，就更加浓厚了。

清明的雨中，是不是也有人，正遥指着那个杏花盛开的村子说，那个再也没回过家的人，早已放下沉重的行李，正站在杏花树下，遥望故土。

莲花山下樱桃红

　　绿意漫漶，雾气中的莲花山像流淌的碧河，越发灵动活泼。山下的村庄名叫黑崖沟村。在心里，没有管村庄叫山村的习惯，一是因为对村庄的敬意，二是觉得呼作某某山村，缺少了对村庄独有的厚重和灵性的概括。

　　虽说来过多次，驻足过，可黑崖沟村在我脑中不曾掀起过任何风浪。过后，除了对清冽空气的格外感恩，就像被时间刻意删除过什么一样，没有一丝特别的记忆。可这次不一样了。入了沟谷，两侧的樱桃园中，早有晶亮的红樱桃正密密挤挤地红着，以不断攀登的姿态，从树芯一路红到树梢，以至于一部分树枝都弯到了地上。

　　黑崖沟村属龙泉关镇，此次到来，特意留心着一些女人，因为西大道的女人清爽、利落、爱干净是公认的，是出了名的。还有我深埋心底的一个念头儿，二十年前听人说，西大道的女人们最爱赶集上店，每到县城大集小会，是必到的。加之当时经济条件普遍不好，那些女人也就仅仅能凑够来回车费。一个个精心打扮过的她们，没人能看得出她们实

142

在的心虚，根本没有购买力，她们会在大大小小的商店、摊位前不停地转悠着，仔细看着、品说着心仪的各种物品，然后拉长声、拐着弯地说着太贵了、太贵了——然后依依不舍地离开，必须呵护好内心的怯。时间一长，就有人夸张地总结：西头的女人们到县城赶集，也就过过眼瘾，身上只有来回的车费。这些或实或虚的话，妥妥地成了时间的缩影。

和其他村庄一样，黑崖沟村先前那些荒凉、枯闷的画面，早和这些成片的樱桃园一样，已被一些远道而来的艺术家们认真地涂抹上了许多鲜美诱人的色彩。那是一种让人无力抵抗的诱惑。整个沟谷，蓝天铺就的底片和各种茂盛植物，相互勾勒，相互扶持，外加间有清溪缓缓流过，身心即刻沉浸其中。

上百亩樱桃园的一收费处在楼房门口，那位出水花骨朵儿一样站立的女子，山泉一样清脆的话音，不断回荡："樱桃美容，补维生素，减肥，都是好处，没事了，我就去摘些吃，天天吃。"此时此刻，我顿生出一种感觉：我们，和故事里那些赶集不买东西的女子们彻底调换了位置。眼前我们这群所谓的城里人，眼睛里是什么？是羡慕，是面对某种事物依旧完整有力时，精神世界里最底层的怯。那位女子面对鱼贯而入的车子和城里人，发号施令般的神色和山一样翠色欲滴的骄傲，更叫人觉得她就是樱桃王国的女王，更是莲花山最受宠爱的公主。而我们，面对这些只能仰慕。

地处冀西，始终为关陇文化所浸润，刚刚吃过樱桃的嘴巴带着甜滋滋的回味，举起的手臂就更有力量，脚步更雄健，在樱桃园旁边的广场上，围观的人群不时欢呼着，场内热腾腾的场面烘热身着彩装的"武士们"守卫家国的情感，这些循环往复的力，千年来，一直隐在绿的深处，更是山的最忠实的守护神。

晨雨滴落，独自漫步，远处的莲花山轻纱漫笼。正是绿间存在的最大的静，猛地刺透了罩在心间的壁嶂，"每一刹那才是它的产生者"。这是我此行最大的收获，和莲花山有关，和樱桃园有关，和那些骄傲无畏的眼神有关。回头，再望莲花山，轮廓渐渐明晰，像是踏过了心河般开朗。

忆此景，恰值县城又一度五月十七庙会。穿梭于人群中，我在百货的丛林中探宝，也希望遇到似曾相识，又不同于昨日的明丽容颜，定是和莲花山下饱满的樱桃一样红中透亮，惹人心中暗生温暖的笑意。

山里的牡丹

你认真地说，沿小路往上走，路边有户人家，院外一地牡丹。

牡丹！我不折不扣地信你的话，它真实存在，但还是不免有一丝惊奇。我问自己，牡丹也能在深山开？

看你说起牡丹的神情，似乎那花开得正艳，因为你的眉眼竟因"牡丹"二字瞬时鲜亮起来。

你在左，我在右，步子和心一同朝向牡丹。晚冬之萧瑟仍在，春意尚远，小院外通往大门口的路两旁，一侧是一人多高、直戳戳的细叶冬青围成的篱笆，线条柔和、倔强。篱笆内，因了地势高低，枯叶成堆成片，散窝在干巴巴的牡丹枝下。这就是你所说的牡丹？心下不免有些失望，是你说牡丹时的神情，提前把我引到了花开季，一时半会儿极难把心中常在的娇美转换成未发芽时的等待。

有花苞。因你的提醒、你的引领，我随你走近了篱内的牡丹枝，你俯下身子认真地辨认，把枝头的花苞一一指给我，再指给我，让我看那一粒粒饱满的花开的希望。我看到了，它驱尽了我适才见到一地干枝的失落，抬头对你笑了。你也笑。想那花苞定也在笑。因为相逢的喜悦，因为对它发自内心的一份呵护和爱惜。

院门敞开着。你轻声地唤，看主人在不在。我们走进去，意在不偷偷地一走了之吧，就像是得了别人家的礼物，一定要认真地回谢一下才能心安。是表兄。表兄也没料到是我。表兄身体不是很好，有慢性病，因为心态好，一直乐呵呵地过着自己的平淡生活。意外见到，便笑着喊我，我轻声问着他的身体情况，心下不免有几分酸涩。几句话过后，表兄说找时间要把它们清理一下，说的是花枝下的枯枝和落叶，我们自然就接下了这活儿。这是活儿吗？不是，是心中想要的一种行走、一种抵达。

寻了个悠闲美好的周末，我们三个人，再一次走近牡丹。工具是找来的一把铁质小耙子、一把铁锹、一个大洗衣盆。用耙子把枝下的枯叶仔细地耙出来，堆成堆，用铁锹装在盆里，端出去，再倒掉。每一步、每一个动作都十分小心，怕伤了牡丹枝，伤了牡丹心。就这样，一刻不停地忙碌着。耙、装、端，伴了一冬枯叶的尘土，肆意腾飞、飘散。你端来一盆盆清水，意在压尘，围着牡丹，四下里漫洒。随着水汽的一股股飞散，你的头发飘来移去，生出美感。你的笑，也一并洒在这一地的花开中了。三人中的一个，五岁半的小女儿一刻未停，不停地耙或装，这是我绝不曾料想得到的。我的手因为不停地劳动打了几个疱，模样像牡丹的花苞。亲爱的孩子呀，为什么你做事情这么执着、坚定呢？你和你的父辈不一样，不是生在农村，你却不嫌脏，不说累一直不停地忙着。再一次识了你，我对你充满了希望，是真有些佩服你了。

三个多小时不知不觉过去了，再转身，那一地牡丹业已明亮起来，似能听到它们的筋骨用力伸展的声音。我知道那是生，那是长，那是蓬勃生命之音律。

牡丹的花苞一天天地长着。邻近牡丹的榆叶梅和杏花开时，牡丹的花苞又大了些；桃花开时，牡丹的花苞更大了些。后来，我去得少了，你却去得多。你用手机发给我照片：有花苞欲裂微红渐现的，花瓣轻展一两片的，花朵半开的。

终于有一天，你说，快来吧，牡丹开了。不能说是诱惑了，是与牡丹的一场真情相约吧。

牡丹开了。

早先那干巴巴的场景还历历在目，现在马上要转换成满眼的娇艳了。这是怎样的一种盛开呀。"唯有牡丹真国色，花开时节动京城。"没见过诗句中的那种浩荡与夸张，曲径通幽，如今这国色天香真的开在山里的小院了。我想知道，对它自己来说，又该是怎样的一种心情呢？

它们会说些什么呢？

什么都没说，也从没想过要说什么。它的祖先可能来自洛阳或是咸阳的皇宫，也可能来自北京的深宅大院。也可能它们根本没见过什么亭台楼阁，从来就是这么普通，只是人为附加了什么。可是，那又有什么关系呢，最要紧的是开放。我想，它们是很明白生命个体这个概念的。历秋冬，逢春开，是它们存在、生长的唯一理由。眼前的牡丹身姿饱满，依然富贵有加。可它们自己何时，又向谁求过什么名声呢？

它们随处可在，可开。和这山山坡坡的花儿，无一丝区别。它们历经了几千年的修行？或者说它们原本就是这样的一副容颜，一种平常心。

它们开得那么安静，那么真实，那么好。

无论身在何处。

开得舒展，开得自信，开得无拘无束。仿佛这大山就是它们最大的倚靠，是它们的母体，是让它们最快乐的朋友。

对于眼前这些身处北方深山的牡丹来说，该说成一树一树吧，虽说它们才有半米多高。之所以这样说，是因了它们一年之中，会随季节长了退，退了又长，才和这世间的其他物种一样，成就了一种平实的真性情，一种坚韧，促成了这世间的美好、独立和宁静。

山上有汪泉

离家不远的玉芝山上，有一汪泉。几十年来，这汪泉一直住在我的生命里，从没有干涸过。

初见那汪泉时的惊喜，不亚于费力摘到珠玉般的粒粒嫩杏。当一枚春天的绿珍珠放进嘴里，酸中带苦的味道急速扩散，整个人由内到外地兴奋起来时，一个小伙伴扯开嗓子喊："大伙儿快来看，这里有一汪泉水！"

一汪泉水有什么值得大惊小怪的呢？可当时确实兴奋极了。只在夏日河滩的泥沙中，才能玩一下挖"水井"游戏的我们，看到这汪泉水时，是惊奇，是欣喜，眼睛睁得大到不能再大了。

山上有汪泉，在习惯了干旱的心里，那该是多么神奇的存在啊！

山那么高，山路那么陡，生有稀疏的几棵松柏，若干杏树错落相伴的、相貌普通的山上，竟然有汪泉，一汪透明如镜的泉。谁又能想得到呢？谁又敢说，这泉不是这座山安宁的灵魂和透明的眼睛呢？

思来想去，感到这泉的诞生和存在，便是天地间的一种精致的伟大了。其实，见到了你就会明白，这汪泉生在玉芝山腰的略平处，是只有

148

半平方米、尺余深的一汪山泉，是一汪连名字都没有的山泉。只不过有心人曾为它劳作，几块石头砌成了它方方正正的容颜，由于那几块石头组合得巧妙，倘把这泉放大无数倍，远远看来是不会认为它是山泉的，它成就的是高山上的一眼清澈见底的井的模样。可就是因为它的存在，这山便被当地人赋予了十足的灵性。等到若干年后，再上这座山，看到许多人集善资、修盖寺庙时用的水依旧是那汪山泉水时，当初认定的关于这汪泉不同寻常的感觉，便如信仰一样定格在了心间。

泉旁的几座寺院建成后，山依旧，泉依旧。那泉抱的是一种生来不会有什么大用途的平常心。除了当地人偶然上山，口渴极了才会喝上几口，无论春夏，这泉都是一种安静的姿态，天然地存在着。

人们都知道，山泉终是依赖山而生的。这山存在了多少年，这泉又存在了多少年，都无从考证。只听说几百年前山上曾有座寺庙，名叫"龙王堂"，是康熙帝路过此地，见玉芝山风景秀美，题下"膏泽下民"四字之后得来的。至于这泉，从没有任何的名分记载。这汪泉，就是这天底下最普通的山上、普通极了的一汪山泉。

儿子五岁时的夏天，为了心中的目标，和他一道从公路边开始，沿着那条小径向上爬。途中丛丛的白茅、叫不上名的野草、艳绿的酸枣树，一路相陪着，小径两侧茂密的夏草自由地向中央倾长，遮住了大半弯曲的羊肠小径。许是身体原因，这次感觉难走，是以前从没有感受过的。儿子此行的趣，是野外的玩乐，我的目的则是为了那汪泉。攀到腿脚发酸才到达。当时的浓荫下，已建成了第一座寺庙，庙门朝南，缓接着从树隙挤进的阳光。我曾在乎的那几株杏树更粗了。正建的第二座寺庙紧挨着那汪泉。当时，正有二十多个男女老少在争相劳动，场面很是热闹。有的在砌砖，有的在搬石头，有的在抹墙。当然，这些人全是自发组织的义务劳动。于我来说，令心激动不已的并不是这么多人无条件参与的劳动，而是那汪不起眼的泉是如何发挥了这么大的作用，供得了这么大量的用水的。

静坐在泉边的槐树荫下，我细看一只粗糙的大手用瓢舀着那方泉水。那份起源于本质的虔诚，就在泉水的映照下，显现出了如夏的炽热与透明。泉水涨得极快，一桶水才被提走，倒在土坑里，约十分钟过去，便又有满满一汪泉水微笑着，闪着盈盈的目光，等待着它生命中又一次鲜活的开放。

我被这泉的神奇打动了。人没挪动一寸，心早已对着这汪泉膜拜了无数次。我在想，这山是如何发挥了它极端的聪明才智，从头顶开始，一缕缕精心汇拢着所有纯净的微循环，终于凝结成一种滋养生命的感动的。大山，真的是恩慈的母亲。想到这里似乎明白了，人们为什么一致选择在这么高的山上盖寺庙。是为了复原人们心中的"龙王堂"吗？细细想来，最重要的还是因了那汪泉吧！

因了搬家，离那汪泉远了，也就再没去看过它。

又一个春暖花开时节的清晨，见邻居小伙子如得胜的将军一般，用力提着两个白水壶，正气喘吁吁地走近单元楼。"从哪提的水啊？""山上。""哪个山上？""可远呢，龙王堂那儿。""提回来做饭吗？""不，是喝，水清着呢。"一问一答，简单的几句对话之后，我尘封已久的心打了一个激灵，被迅速点燃。心一下子又走近了痴痴恋着的那汪山泉。

如果留心一些，会看到从山上提水的人越来越多了。这是电视剧的影响？抑或是当地人也要赶潮流，开启一种新的生活模式？当我看到众多的水桶里盛放着从那汪泉中得到的满足时，我试着问自己。

单位一个女同事住在那汪泉的附近。说附近也就是近泉的山脚下。曾听说她因上山提水崴了脚。脚伤好了之后，她又到山上去提水了。和所有提水的人一样，他们从山上提下来的水，是供家人慢慢饮用的，且不舍得浪费一滴。喝完，会再去提。

是什么让他们如此看重那汪山泉的，又是什么让他们舍不得浪费一滴泉水？是泉水中的矿物质，还是因了其他什么？

我和一位同事谈论起此事，同事神情凝重地说，人们怀疑日常用水的水质，已成为不争的事实。虽说各种瓶装水已目不暇接地走入我们的生活，但无法代替人们对山泉水的绝对信任，所以提水的人就多起来。多的时候要排队，要等两三个钟头才能等到。还说，山的另一侧，常住着的四户人家，前年曾不辞辛苦地挖渠，硬是从那汪泉处引了一条翻山越岭的长长的输水管道，还在山中建了小水塔。就这样，从饮用水到洗衣做饭，他们用的全是那汪泉水。

同事叙说时的表情蕴含着渴望，话里话外，都是羡慕。大概能多喝上一口甜美的山泉水，心里就会多收获一份至纯至净的安慰吧。又都知道，山上那汪自然生成的泉水因为地势高，从无任何垃圾或杂物接近过。

当时光迅步走到今天，多年来久居山坳的那几家人，竟因一汪泉水，端坐在了视野的正中心，似乎只是一瞬间，他们普通的家就变成了令人歆羡的世外桃源。因这几户人家能日日喝到无污染的山泉水，他们过的自然就是神仙日子了。

究竟为什么？同为山城中人，恍惚之间，人和人之间竟不再如前比较了？比如地位、金钱等。人们最在乎的，竟是与那汪山泉之间的距离和亲密程度。

再也耐不住性子，我要亲眼去看看那汪在心中只属于自己的山泉。更思索着，昔日里静如处子的那汪泉，能不能承受得了人们越来越浓烈的渴求。那座山，会不会也如老祖母干瘪的乳房一样，不再分泌乳汁了。

圣洁的山泉啊！我来看你了。

眼下正是万木萧疏的深冬，平铺于地上的朵朵残雪，笑着迎了我。一种远离山城的宁静，随行于心房左右了。

行至半山，途遇从山上提水下来的三三两两的人。"等水的人多吗？""多。""真没想到这么冷的天，还有这么多人来！""你不也来了吗？""是啊！我不也来了吗？"可有谁能信我的话，我来，是为了看一眼这汪泉的。一个多小时后，取到水的人一个个都心满意足地下山去了。

我最后一个走到了泉边。

依旧是那汪从不外溢的泉水，依旧是那汪始终纯净地笑对苍生的泉，没捕捉到一丝想象中的这汪泉应有的幽怨。泉边的积雪还在，令人欣慰的是除了取水一侧，余下的雪没有被踩踏的痕迹。雪厚厚的，像是泉外翻的纯白色棉衣领。泉水无语。不同往昔的是，眼前的泉水不是平满的一汪。水浅了，深度只有泉池的一半。

蹲下来，我用心守在这汪泉水的身边，伴着它的澄澈与安然，想和这泉说说这么多年来积攒下的心里话，想问问它是否安好。可没等到泉敞开心扉和我说上哪怕一句，又有三三两两的人，说笑着，兴奋地爬上来，走向我身边的泉。

我和泉独处的空气，就这样裂开了。

这时再看泉水，显然比刚来时多了。见到泉水足够，其中一个人笑着说："真好，今天水不少，快装吧！"

依依不舍地作别这汪山泉，我缓缓转身，向山下走去。

亲眼见了这汪泉今非昔比的繁华与热闹之后，除了想念那泉水的纯净，我心生出一种明显的愁绪。长此以往，这汪习惯了宁静的山泉，会不会因没有足够的能量滋养山城的人，而感到不堪重负。这座山，又会不会因为不能分泌足够多的泉水，而深感内疚。

环望群山，杏林深处，这汪泉日渐孱弱的身躯，在竭力满足着芸芸众生时，正大口大口喘着气。

又一个清亮的早晨，这汪泉将隐士般的宁静和受到千百倍宠爱的繁华并放一处，于阳光下细细思量，竟不得其解。

可我还是听到了这汪泉，对忙忙碌碌的人们发出的源自内心的倾诉。

152

我的小桃树

再见到那棵亲手植的小桃树，它已经不再是它——被嫁接过了。现在的它，一多半是桃，一少半则是李。

三间向西的青砖瓦房，三间向南的青砖平房，一溜烟被母亲扫得光光的大院子。院子尽头是隆起的膀大腰圆的黄沙埂，这样让院子看起来有了收留头儿。屋后是长有槐林的山坡，足以让人一年四季看到绿，看到季节变化。

那棵小桃树，就栽在院子尽头、沙埂的正中央，那绿色的山坡前。

为什么我仍叫它小桃树呢？现在的它已三十多岁了。

我的小桃树，最初出生在我家绿莹莹的麦田里，其实麦田里隐着不计其数的小桃树。不单有小桃树，小杏树、小李树等小树苗也处处可见，那是一群又一群的孩子随手丢下的果核儿混在农家肥料里被随意抛到地里的，它们不曾在人心中占据过位置，是果核们生命的延续。

这棵小桃树的运气真不错。一枚桃核在下一个年头儿流落到我家的麦田时遇到了水，遇到了可心的泥土，于是，它就发了芽，有了生命。

更幸运的是，它遇上了我。我也遇上了众多小桃树中的它，并心生出爱怜来。

虔诚、稚嫩的手指在柔软润湿的田间泥土中，先是慢慢抠着，小心呵护着它纤弱的根系，再轻巧地把它挖出来。怕它的根部长时间离地缺水，再用和软的泥土，把它的根包成乒乓球大小的湿泥团，这才满心欢喜地带回了家。

家里所有的地盘都是母亲的。我向母亲请求：给它一块生存之地。

"去，栽那沙埂上吧！"母亲不看重从地里挖回的草芽般的小桃树。随便一块地里，这样的小桃树实在太多了，有谁会在乎它们活不活呢？就这样，忙碌之余的母亲，极随意地打发了我。

虽然深知那黄沙埂连青草都不长，更何况是我心爱的小桃树，很明显地暗暗抱怨母亲，为什么不能在墙角或者花池，给我的小桃树一个温暖的地方，让它生长呢？我爱我的小桃树，没有任何办法，否则就得扔掉。无奈我在那沙埂的正中央，挖坑、浇水，双手捧着、小心翼翼地放着，在父母眼里游戏一般地栽下了它。

绝没有想到，我从此铺开了它平凡的生命。随着时间滑行，在几十年后的今天，由当初栽植时母亲淡然定下的，相对于这个院子来说的唯一位置，再联想到它今天的生存、成长等所延展出的种种，已传递到我思维中，包括许多关于人生的极为深刻的东西，例如命运契机、生存法则等。

除了将选好的小树枝稀疏地插在地上，为它搭建一个可以接受阳光、可以略微保护它的圆锥形的小房子之外，三日一小浇，七日一大浇，也是必不可少的。刮大风下大雨的日子，还要小跑着去看看它，是不是经受住了严厉的自然测试；太阳温暖它的时候，还要看它有没有长出一片新的叶子。

我的小桃树感受到了我的爱，一份纯净真实的爱，一份满怀期待的爱。试想这世间，包括人在内的世间万物，动物也好，植物也好，又有什么不能感受到爱的存在呢！

我的小桃树，真像一个争气的孩子。

那垄贫瘠的黄沙埂，是它生命的栖息地，它一年又一年倔强地吐着绿，慢慢伸长着腰身，向大自然展示着它轻浅却坚硬的生命。桃三杏四李五年，说的是桃树长到三年、杏树长到四年、李树长到五年就可以挂果了，可是我的小桃树身形瘦弱，低低矮矮，长到四五年时，却似其他桃树两三年的粗。它一直生长在沙埂上。

不再担心它死去是在它长到六七年、归燕呢喃时，它开出了粉嘟嘟的花，就像一个并不强壮的生命终于有一天迎来了青春，娇小女儿一样亮晶晶地浅笑着。这年秋天的时候，它竟然回报了十几个桃子，这是我没有想到的。慢慢吃下的时候，我就知道，这注定是我今生吃的最甜、最有味道的桃子了。

在它长大的时候，我们搬家了。因为读书，我到了另外一个城市，不得不离开我的小桃树。走的时候，我看了又看身后的它和即将空空如也的院子。我认真地说，我会想念它的。

世事多变，不知又过去了多少年。再一次路过时是一个夏天，远远看去，我的小桃树竟长成了一种想不到的庞大树冠，差不多完全覆盖了整个黄沙埂。树上结满桃子，枝条压得很低，如孕期的女人一样，让人感到一种繁衍时的幸福和重量。疾步走近才看到，临路一枝的颜色与桃绿色差别明显，且是比桃叶略小却更圆些的叶子，正主人似的绿着。细细端详，是李子叶。

我的小桃树一部分被嫁接成了李子树。需要交代的是这个偌大的院子业已被父亲卖给了邻家嫂子，我的小桃树也如浮萍一样，被附带着过了户。现在的它，被一个整齐的大院子隔在了人类的生活气息之外。我深感它受了冷落。

我的小桃树不再属于我了，连同那个院子的昔日带给我的所有欢乐。春雨滋润后燕子的轻盈敏捷，知了的情话、蜻蜓的舞蹈，秋日炊烟里一缕缕的满足，雪地上捕食的鸟雀的叽喳，无数绽放过的欢乐的嬉闹，日日被阳光温暖过的笑脸，秀发飘逸的母亲操劳中的呼儿唤女声，都成了精神世界里的奢侈品，无数次在梦里鲜明着，疼痛着。

　　这一切，都离我远去了。没有了我的小桃树，没有了这个院子，是不是我的村庄再也没了我的栖身之所？真是那样的话，我这个城里的乡下人的心，又将在哪里停留？我的村庄还是我的村庄吗？在我的村庄里，以横冲之势入侵的现代化巨型建筑，已经改变了这个村庄的容颜，它多像一个年轻貌美的村妇脸上有了长长的伤疤。村前欢度着四季的田地，也多被征作他用了，再也没有了往日的整整齐齐，没有了让心宁静祥和的碧绿与金黄。其实，我的村庄里令人叹息和感伤的，又何止这些呢？

　　站在伸手刚能够得着我的小桃树的地方，强压住这些内心激荡着的心事，慢慢抚摸它，抚摸着它依旧的沉稳鲜活，抚摸它依旧遵从着命运安排的那份淡定，抚摸它依旧爱着我的叶片。我想把儿时移它回来时的那份心动、那份情感和此时来探望它的心，虔敬地相接相续，连成一片悠远的动感的相思，成就一个或许再也完整不了的故事。

　　我的小桃树，看到它身不由己地被嫁接过的身形，再不是我原初的小桃树的身姿，我唯有把一种不愿拿出来呈现的疼痛悄然折叠，存放到心灵的最深处，任它在岁月里，随时隐伏鼓荡，叩击我敏感的神经。

山瘾

生在山里，长在山里。感觉自己的筋骨和血脉的主要成分也是沙石。任你随意站立一处，环顾四周：都是山。望不穿，说不完，走不出。

就在这山里，从第一眼看到绿，到眼睛再无法挪移开，生命也就注定要在山里随日月消长，没了别的念头儿。没人想过要给这些山挨个儿取个响亮的名字，所以，这里的群山连同它割不断血脉的手足们，一并被叫作太行山脉。有名字，没名字，有那么重要吗？重要的是，我一次次因工作进到深山，一次次被感动，一次次被山安抚。

和其他生命与母体的感觉一模一样，我再也离不开山，山也让包括人在内的世间万物所依赖。读过不少关于山的文章：读山的，喊山的，唱山的，等等。说山如父，说山是智者，还说山是人类精神的最大持有者。总之，古今的文人墨客似真的要把山说透、说绿、说活了。

家在县城，县城是一座山城。家住楼房，楼房的门口是葱郁的山峦。你尽可去想象：那是多么美、多么好的一幅画卷。俗语说"靠山吃山，靠水吃水"，可在这个吃穿不愁的年代，如此亲近山，又是为何？

亲近山，日课一样。山中的四季自是不同，除了花英草色怡情怡性，除了鸟语虫声解语传心，还有深嵌在基因中自自然然形成的山瘾。在某种意义上，这是一种与山紧密相关的瘾，它能让灵魂找到妥帖的安身之所。

亲近近处的山，半小时之内能让心平静。

走向远处的山，只需两个时辰便能寻到远离喧嚣的宏阔和相融之美。

挨近一朵山花，能闻到山的心灵吐出的芬芳。

踩一脚山石，是游走千百年的灵魂的有序皈依。

整个人感觉最静的时候，是一个人在山上独坐，选一较高处，四野无人，只有众绿、鸣虫、旷野，还有一个最真实的自己。初秋的深夜，也曾不知方向、漫无目的地走，走着走着就走到了人们常健身的山上，择一枯草间独坐，在秋风的萧瑟中，会止不住把内心郁积了几十年的苦涩都哭出来，哭给黑夜中厚重的山听。也不知座座群山听累了没有？这唯一一次面对着大山的泣诉，带给我心灵深处久长的轻松和面对诸多沉重的最大稀释。山无疑成了人重要的精神依赖。这份山给予心的抚慰，是包括人在内的其他所有事物皆不能抵达的精神深处。一位离开大山五十年的游子，在遥远的地方用笔墨动情地写下了许许多多"喊山"的诗行。一位常在山间行走的诗人，诗和人也便融于山间。总是穿梭于山石间，总是与自然、与丰富的山野对话。他们相互诉说时用的是人们不曾用过的沟通方式，慢慢地，山间沙石、草木和人真的互相懂了。等到读懂的那一刻，行走山间的身形突然就变幻了，变成了一直行走在山间的另一个自己。

是的，那个坚持行走在山间的人，不是别人，正是自己。有目的，无目的。在真实中行走，在虚无中行走。一场场山中的行走，从一场浩大中走出一个真实的人，再从无边的浩瀚之中找到自我。唯有山野的空旷与容纳，完全理解这些，并一概选择忽略这些。相对于寄生在世间的人来说，是人依赖了山，又为山所完全忽视，这是不可逾越的真理。可又有多少人思考过呢?

山歌牧笛、牛羊遍野的山,是真实的,是诗意的,是一代代人在朴素的生活中从喧嚣处走近自我心灵的归属。历朝历代,经历过血雨腥风的山,又是人类精神和肉体的受难所,是厚硕的,是坚硬的。我眼前的每一座山,都诞生过无数希望,也有过无数绝望;有过血脉搏动,也有过灵魂挣扎。无一例外。

一直沉静的山,该是最经年的智者吧。

它须发依旧,坦然自若,任尔来往。它在没有欲望、没有受到过损伤的自述中,旨在让你明白什么。它知道并完全相信:历经风雨的心脏,会和自然共存,会和自然一样平和,是能禁得起什么的。只是许多情况下,山的这种无言的告白,许多人不能懂得。同时,也成就了山的自在和沉默。

曾为山伤感,是心底的疼。星光繁华的往昔,曾站在一座山上,望见另一座山上鬼火一样的眼睛,一眨一眨,倾力啃噬着山完好无缺的丰润肌体。用不了多久,那些从山上滑流而下的黄沙,便是见证。那是山从心底流下的无言悲怆。山,给人无声的养育,是慈悲。还是站在山上,面对着山被不断撕扯的哀鸣,想着《山海经》中关于眼前的山的动情描述,只有痛苦。

什么时候山变得不重要的?什么时候得到了山的安抚,还看到了山的挣扎?又是什么,从心海的深处泛舟而来?是一种怕,是一种恐惧。因了个体生命与山的相融相亲,山的这种呐喊不出的疼痛,会迅猛地传遍全身的感应系统,那么彻底,那么难捱。

令人欣喜的是,听说一个女子曾顶住了将一片山掏心挖肺的指令。人活一世,为了一片大山的完整,能做到如此,她没白活了。这颗心,也生在山里。这一片山林保住了。幸运的是,我眼睛里的今日的山,已不再有被敲击过的坚硬和欲望,所有的山一律禁采。因为眼前的这些山,能再一次安睡到天明。

　　由山化生而来的肌肤，有韧性，却从不乏节令一样的敏感。一个人坐在山上，一坐就是几个钟头。在山中行走，一走就是几个钟头，是几年，是一生，是祖祖辈辈。

一犁春雨知时节

古语云，一犁春雨甚知时，正应了当下。

抬望天际，天色迷蒙，雾烟由淡转浓。晨起的雨滴忽现，敲打着心扉，已是欢喜。信笔写下几个字：雨在就好。且不管雨的大小，春雨的贵在心间恒久珍藏，不可估量，不敢轻言。

及近傍晚，许是歇过神来的雨又来光顾。欣喜之余，化解了一冬无雪、早春无雨的心结。

小雨转中雨，下了整整一夜，待到天明，仍淅淅沥沥不止。

"透了，这回可下透了。"忙着卖豆浆的大姐，见我早起下楼，也按捺不住欣喜，急递上这句由衷的话语。是啊！和这句话相反的，是不知听了多少次的唠叨："怎么还不下雨？再不下，种下的庄稼都长不熟了。再不下，就过节令了。"

四下里张望过后，心下顿感舒顺。料想所有盼待春雨的世间万物，此时都心满意足了吧。感恩上苍，它是惦念着世间干裂久了的土地的。

家乡的山高，春亦迟。雨后的清明，空气中和足了精心拌匀的湿气，轻吸几下，便有了通肺受到氧气冲击的饱满。

和爱人一道回村祭祖，山路宛转，目之所及：土地边上一条河水，河边早已长出须的白杨，随河水绵延不绝的山峦，一条明晃晃弯曲着的水泥路，还有路边的土地。路边的土地，湿漉漉，膨松松，打着整齐的田埂。一对夫妻正低头，把种子照准了地上挖好的坑儿，顺势抛撒。一看、一抓、一撒、一抬脚、一迈步，种子就稳稳地落地了。这一连串的动作，就画出了一个完美的弧，除了飞鸟展翅的洒脱、流水柔婉的身形以外，这成了此时这座深山里最优雅、最诗意的动作。

看着看着，看到了自己的影子，看到了成群结队赶往地里的人们振奋的神情。个个欢喜着，说着雨大，说着雨透，说得最多的是夸老天爷好。远远不忘吆喝着说几句俏皮话的大婶大娘们，沉默着只略露微笑的大叔、大伯们，全都肩扛着、背背着、斜挎着、手提着一件件农具。一包包种子、一棵棵幼苗，都会因一场春雨，因一场知时节的雨的光顾而发芽生长。雨，使野外沸腾起来、使田间沸腾起来。人们的心也随这雨灌满了希望，生长着无边的渴望。所有的劳作，所有深深种在地里的存在，都化作一条射线般的期望。

每每下透春雨，在星期天不上学时，我会和父母一道撒下一袋袋早剥好的花生粒，一窝两粒，要放在坑的正中，不偏不倚。山药苗也会被父亲虔诚地从秧池里采出来，捆好了，将根泡在水中，在迅即整好的田间，挖坑，栽好。我们和父母一道，用双手将秧苗摁到雨后潮湿的泥土中，将秧苗拨正，栽好。对于年年春旱的土地和心来说，没有什么比遇上一场雨水更感到幸福的了。

朦胧中，干完活儿随父母往家返，再看沿途各家高高低低的地埝，种好的地里是被踩好的一条条感性十足的乐符。栽好的幼苗，齐整地沐浴着暖阳和风。我心里充满期望它们快快和土地融通、快快拔节生长的快感。

此时，不由得惊叹，因了一场春雨，眼睛里顿时就有变化了。这田间顿时色彩缤纷起来，一块块土地，会一时间兴奋得张扬起来。这从天而降的希望，已将人心填得鼓鼓的。

这雨，便做了天与地最美好、最直接的情感连线。好知时节的春雨，好懂人心的春雨哟！

今天的雨也是啊！

再望山坡高处，片片飘落的杏花随行入眼，一树，两树，一片，几片，尽兴填补着暖人心情的春色。路边，几棵一朵未开的杏树远看倒是一片红。山间的松柏渐趋翠绿起来。透过这绿，一片片庄稼披着雨后的喜悦，活泼起来。

一汪浅绿缀初夏

春的概念尚未明晰，已入初夏。

思维，困在某个记忆的深处，不得伸展。一日，在阳台猛然转身，却被对面山前的一大树槐花的白刺激到最敏感的神经元，才恍然明白，自己已被季节远远地落在了身后。

青山之间，不停奔波的同事们，都被春阳晒得吸收了不少的维生素D，拥有了最诚恳、最自然的笑脸。窗外无尽的绿，让心颤了又颤，怀疑眼睛，还怀疑这绿的真实。去岁此时，视野里还是荒凉一片。为什么此时，倒是这样，倒是这样的绿呢！

群山不绝，亦无争奇。平和的绿浪平铺在地平线，陶醉在无遮无掩的大自然中，绣出优秀的画师笔下最着意让思想延伸的无意言明的线条。就在这几无色差的绿的底衬下，从容徜徉。或高或低的山峦，或深或浅的色泽点缀，群山、平地、丛林、沟壑、小溪、村落，皆在硕大无比的空间独自构建着一种纯情的绝妙，一种不亢不卑、一种平静之中暗自镶嵌着的萌动和真实。

164

心律缓下的同时，亦感到一种力量的覆盖，不知这种常形之中，究竟哪些存在是可以让人随意呼吸的。

在一座常人估量不出高度的高架桥下，在一个四面高山包绕的村子里驻足时，在一汪浓密的浅绿前倾心相向了。呆呆的，我感到一种很长时间以来在天地间不曾拥有过的心灵的安宁和知足。

那绿，从外周的浅，渐趋过渡，一层又一层，待集中在这个村子，集中到这山与山相连接的凹面的中心，集在眼前时，那绿就不同了。亮晶晶，滑溜溜，团团簇簇，和和拥拥，不薄不厚，不重不浮，有静有动，是从春天走来，亦是从未沾染过夏燥的绿呢。看着看着，就似看到一个小姑娘清清的眸子里深情的倒影了；看着看着，就似看到青山这片硕大的叶子上滴溜溜转着的清晨的露珠了；看着看着，就看到了无论多少世事起起伏伏，总有幽雅清静之地的真实了。

真的不由自己。

慢慢就踱步到了那一汪浅绿的最中央。林中，叶下，些微的阳光乘隙而入，仅是增加了几分明亮。叶儿轻摆，就似巧妙的绿色铃儿，想象中便有丁零丁零的声音传来了。

一湾溪水从林正中缓缓流过，除慢条斯理地度着季节、滋养着这片青翠之外，俨然一个清凌凌、洞明世事的仙山童子浅笑而过。目光里是坦然明了，是纵情欢笑，是年少青春，又是百般希望。

真想在这林中，在这无尘埃侵袭过的绿中，慢度些许时光，让那些久违的欢笑和轻松，挂在枝头，涂在叶上，拂过心间。

与一汪浅绿相遇，便喜不自禁；与一汪浅绿相逢，便似找到了心的支点。

应该怎样形容和这一汪浅绿的邂逅呢？站在初夏的幕帘前，我收获着四季的全部内容。

一棵奔跑的槐树

深冬夜愈静，每当风踩着屋瓦飞速掠过，母亲便故意支起耳朵，警觉地听着风，装出特别害怕的样子说："快睡觉！快睡觉！兔儿眼来了！兔儿眼来了！"我心里一紧张，小脑袋会猛地缩到被子里，再不敢钻出来。

再大些知道了兔儿眼，是队里分派看山的一位老人。队里唯一的一座山林，约有一两千亩刺槐吧，没有精确概念，从远处看起来，总是静静的、绿绿的，像藏着无尽的神秘，又叫人存着无边的向往。

没有亲近过那片山林以前，从没有见到过兔儿眼本人。只在村里人的口中模糊认定，他是一个非常可怕、一提起来就使人感到恐惧的老人。村子里其他小孩子和我一样，都是被他的名字吓过的。

那座山林是村里人无法抵抗的诱惑。山上的树大多是刺槐，每到开花季，槐花香随风飘动，飞过一座座山，直到把这缕纯自然的清香洒到每户人家的檐下。于是，大自然毫不掩饰心情，让村里人都知道——槐花又开了。

对槐花，人们暗暗渴盼已久，女人们只不过从不愿公开自己的想法。因为那个"偷"字是不愿说出来的。自然，这样的结果，会给那位老人平添许多工作。好多好多人会背着大小筐子，在山上隔得远远的，为了一筐筐槐花，不断和他"捉迷藏"，会在他看不到的时候，用最大的力气、最快的速度，唰唰唰地捋着清香的槐花。一大把，一大把，白净净的，然后再疯狂地往家跑。

遍野的槐林里，把每一棵槐树都当成亲人的他，绝不会迷失在自己的宫殿里。所以，本就战战兢兢的婶子大娘们，背挎着胆战心惊的槐花，总是拼命地往家跑。可是，多数情况下，还是会在兔儿眼的全力追赶下，满脸丧气，丢盔弃甲，空手而归。连带去的家什，也被兔儿眼缴获了。那个时候，各家的筐子、篮子并不多。少一个，对一个农家来说便是巨大的损失。也可能就是因了这些家什，这位老人慢慢就成了人人唾弃的凶神恶煞。

那个年代，那座山是禁山，是不允许任何人弄回任何"东西"的。想想主要是因为贫困，人们要从树木的身上找点吃的吧。没有花的季节，我曾看到腿脚灵便、跑得快的婶子大娘们从山上下来，偷摘回一筐筐绿莹莹的树叶，还会边笑边说："兔儿眼那死人，跑得可真快，长那脏样儿，还想追上我！"一脸的不屑，还有一脸满足的笑绘在脸上。和那些跑得慢、连筐子都失去了的哭丧的脸比起来，真像得了什么宝贝一样。

没有人知道他的名字。他叫什么呢？管他叫什么，就叫他兔儿眼。在我幼小的心里，灌输给我的就是这样一个长得难看、跑得飞快的恶人形象。只有他敢扣下婶子大娘们的家什，还从不让摘走哪怕一片槐叶。

那年盛夏，我二十岁，第一次上了那座山，走到了那位老人的住宅附近。那座山当时已不再"禁"得那么严重，只要注意防火，不损害树木，人人可以亲近了。当然，也没有人再去偷摘槐叶、槐花了。

怀着无尽的好奇和一丝恐惧见到了他。我无法形容见到他时的心情。

他个子很是矮小，只一米五左右吧。一只眼睛歪斜着，且深深地凹陷在眶内，额头上还生有一个鸡蛋大的肉疙瘩。他面无表情，活像《山海经》神话故事里守山的神。他走起路来又是一阵旋风，眨眼便同树的影子一样，分不清哪一个是他，究竟又走到哪里。等他走远后，几个伙伴执意要去看一看他的住处，意在了却多年来对他谜一样的各种猜测。

山谷一侧，靠近东山的脚下，两间极其低矮的石房，孤独地陪伴着整座山林。由于来的正是时节，房子的周围，杏树、桃树、核桃树、花椒树等，无一不按大自然的叮嘱，在默默释放着生命的光和色。山谷中的溪水，自然流淌着。溪边草地上，有一大片一大片的野草莓，像新出土的花生粒那么大，圆圆的，红得竟然像血。

诚然，这里的生命已习惯按自己的方式流露情感，和山外的世界几乎没有任何瓜葛。进入屋内，黑、小、乱便是对这个住所的所有概括。心里猛然一紧，一种疼痛感便蔓延至全身。似乎穿越了时空一般，这个孤苦伶仃的老人，根本没有用过哪怕一天的电灯，更不要说涉足山外的世界了。整座槐林是他生命的全部。这座山上的树陪着他，没有寂寞，没有想过作为生命个体，自己和别人究竟有什么不同，没有觉出天地的不广阔，他的生命和一棵棵槐树一样，与日月相依，与山河为伴。

见过他之后，心里顿然删除了印在心底的这位老人所有的"坏"和"怕"。原来，他是一棵奔跑的槐树。风吹雨落，几度花开，他不再奔跑。他真的变成了槐树，一棵是他，一坡也是他，依然守着这片静静的山林。

山风吹过，槐林嗖嗖作响，恰似他沙哑的喊声，又像是整座山林对他无尽思念的呢喃。

第四辑　栖息在季节里

四季皆有景在，正如人在不同季节，会拥有不同的对生命的认知，那是岁月馈赠的丰厚的礼物。

栖息在季节里

车子向前奔，张望着窗外怀抱着季节的原野，坐在车内的自己，此时分辨不出要奔往哪个方向。

远山，因一场风清晰起来，山上的松柏静伫在四季的最前头。由于性情深处的沉稳，丝毫显不出它们迎接春的到来时内心的躁动与不安。土地则不同，一片片从冬天走来的田地，虽说大小不一，高低相接，形状各异，但仍如亲见土地掀开、换下了过冬的衣服后，一脸光泽，动情地站在春天里的样子。此时的不凡气度，会让人远远地体味到它酣畅淋漓的呼吸，一种新生的气息饱携着生命的希望，徜徉在望不穿的季节的深层。

人类之于季节，草木之于四季，旷远的天际下一份蕴含与绽放，就填满了视野与心房，随激情的血流，循环往复。

车子从遥远的山坳里露出头来后，曾一路呼啸着奔向莽莽的平原。随行，就在这天空下，印下似有似无的痕。人的思维，就在这看不见的真实的痕里，描画着一种前所未有的执着。如微风之于晴川的遁形，如游云之于天际的缥缈，但那份描不出的真实，唯有以栖息的方式生存的人类，才能将此想出个所谓的究竟，才能够对此做一种无奈的认可吧。

没有人能一直追寻着季节里的花开，香甜地生活。一声啼哭从遥远的史册中传出，蘸满了泪水的诗行，漫洒了几千年的西风古道，那些将历史拼写成大纸张的也好，那些终生默默无闻、过而无痕的也罢，无一不是在大地上踽踽地行走，并以活的方式栖息在季节里的灵魂。而坐落在人内心深处的季节，对我们每一个人的精神与情感的提振或腌制，又是那样的诡秘无序。

青翠与荒凉并存，是我从一个季节走到另一个季节时见证过的。风拂摆着黄嫩的柳芽时，不远处一棵因冬寒过度而枯萎的杨树正站在春天的风口，如一尊季节的纪念碑，过往的行人都注意到了这场无奈与失去。柳树近旁，聚集了许多人，就连车内的目光也齐刷刷地投射过去，想从那些诱人的春日发丝上吸纳一些暖润的情怀，来抵换倒春寒从侧面对人心的欺凌。

是向往吧。

当向往成为世间的一种永恒，当栖息站成精神堤坝的形式，我们又想了什么？

栖息，当人类栖息在地面上，当身边的亲人因为病患加重栖息的意味，眼前有灵气的白雾随时间慢慢淡然地散着，一种拉扯不回来的概念，就坚硬了起来。

世间万物，都禁不住时间的大手轻轻一拂。那些顿失在空气中的坚韧与挺拔，如何才能成就人性的丰碑，如何才能描红历史最初的页面。那些随历史的车辙轰隆而过的存在，又是付出了怎样的积累，才长出一个小小的尖锐的山丘。

季节的冲刷，以振聋发聩的气势向人类示威。苦涩与坚强、无奈与苍凉，就是季节里的花花草草，各以自我的方式，接受风雨，遭遇腐烂，或成就芬芳。

杏花开

比平时早一个时辰醒来，是和看过一场杏花有关。睡不着，就漫天地想，那些正肆意盛开的坡坡坎坎的杏花。

在北方，杏花是站在冬季对面的第一种事物。年年开花，年年不同。今春，还是被这种漫天的粉白击中要害。

躺在床上，杏花似乎和身体是平行的，精神深置其中。不免再一次追问，这种纯情的绽放究竟是一种怎样的存在？我们在看见、审视这些花朵时，究竟隔着多远的距离。

太多人，总想把人生目的和意义阐述得明白，运用得恰当，这和春天是相悖的，和一株杏花是相悖的。

如果你真正经历过无力，面对一坡杏花时，你的心会颤抖。

我也深深知道，抬望杏花时，杏花也在俯视我们。

往深山里去，这次对杏花下了一次狠手。折了枝正开的，又折了几枝花苞准备回家插瓶。一枝递给母亲，母亲笑着接了。又把另几枝放在一起（孩子折下的），孩子说："也带给奶奶看看吧！"

爱人不识春色，说："拿它干吗？！""拿，就得拿，春天了，我奶奶又出不了门，人家跑出去你们还得给捉回来。拿着让我奶奶看看，怎么了？"孩子伶牙俐齿，立马用不可违抗的语气接话说。

我们笑了，笑声里有一丝酸楚。

"你奶奶跑出来，就找不着家了，找不着家了。"

"怎么找不着？她还能跑出来呢！能找不找家？！"

"找不着。"

"能找着，能找着。"

"行行行，拿着，给你奶奶看看。"

孩子头转向我，我们相对一笑。

几朵野黄连花一直在目光里灿烂如霞。那年初夏，去看望爱人的姥姥，我曾在老屋的一侧顺手摘了几朵艳黄的野黄连花，递给了卧病在床的姥姥。至于花，能不能带给老人些什么，我也是不清楚的。

春意正浓，杏花正开得铺天盖地。我的孩子，这个春天真好，也只有你，能配得上杏花开。

直上诸天是蔚蓝

早春的花期已过，绿意渐浓。一行友人趁"五一"长假，再次同游龙泉关长城岭。

去过多次，始终没拿起笔。缘由是怕将这段真实的历史片段笼罩下的天空，记录得颜色失真。

这里不是游客们心中向往的景区，却是当地人喜爱的地方。从县城出发到龙泉关镇，一路往西，串串精彩的历史传说、精彩故事，经久栖息于此，让我们在短短的旅途中充满游兴。

几个朋友一路兴奋，蹦豆子一样说着家常话，笑着说着，不由得就说到了当地的传说：当年康熙帝走到王槐铺，看到镇中心名叫王槐的老槐树时，想出上联"王到王槐王快乐"，几番冥思苦想，终未得出下联。无法想象出，当年朝圣的队伍是多么浩荡、威仪。只听老人们流传的说法，说在队伍行至龙泉关时，康熙帝才顿生灵感，对出一个妙不可言的下联"龙至龙泉龙精神"，流传至今，为人们常常说起。笑着，迎合着这些妙趣横生的谈话。透过窗外醉人的绿，极力搜寻着想象中的情景。

一、话说龙宿庵

随行，地势渐高，空气渐趋清新，风愈刚烈，似要穿透每一页历史。车子在足力盘爬那座最高的山之前，地势已达新高。停下小憩时，我下车站于一略避风处，极目远眺。对面山上，赫然入目的几十家平铺在蓝天之下的老屋，相依着。新开的杏花芳容散布在老屋周围，已然觉出季节的不同了。那种古灰色的房屋已不多见，没想到在这里看到，便更觉出此时的我们正在走向历史、走向遥远。

精意的"龙宿庵"三个字，活生生出现在眼前，随风漾着的动人传说，亦在车行神游时从旷古走出。

传说当年守城的将士因军规将路过的康熙帝挡在了龙泉关的城门外，一时找不到安身之处的皇帝，不得不在城外的庵内借宿。次日，知道原委后提心吊胆的士兵竟意外受到了皇帝重赏。从此，镇守三关的将士们更加信心百倍忠于职守了。也是从那个时候起，有了"龙宿庵"一说。还有一说，是说当时电闪雷鸣，风雨大作，又时值黄昏，康熙帝不得不屈驾宿于庵内。

人们更愿意相信前者。

庵的旧址仍在。凡路过龙泉关镇到五台山的游人，只要走过时稍稍抬头，便能一睹"龙宿庵"三个大字，"龙宿庵"让人们记在了心里，这三个字做成了几十米穿山公路的门牌。

二、马刨泉的传说

站在山顶一块较平敞处，孩子们乐得去摘山桃花。抬头，湛蓝的天和神游的云美妙地切合着，旷达而悠远的情思飘然而至。走到路边，我用相机拍下一张无以形容的蓝和山崖的绝壁并在的坚韧与柔软、真实与虚无相互较量、相互依存的画面。正如古诗所云："闲身随处堪投宿，直上诸天是蔚蓝。"蓝天之外，半壁断面立体呈现于眼前，让你的思维直线跳跃至一份厚重、一份锐不可当的思绪之中。

想当年，康熙帝路过此地，是不是也在这里小站了一会儿，是不是也抽着阜平的大叶烟，欣慰地俯视着脚下的土地。许是城西村旁的树林里，略显生涩的《广陵散》传过来，传说嵇康曾在城西的树林中习琴，携着一腔幽怨，那愤世嫉俗的琴音盘绕在太行山峦，回音是那样的起伏不定，听起来愁肠百结又满腔愤懑，是那样的让人沉思。

是当地的大叶烟太有劲儿了，还是抽多了，一时间康熙帝竟口渴难耐，传说中的御马，不但识途且通人性，随即，扬蹄力刨，不多时，一汪清泉汩汩而出，解了皇帝的一时之渴，遂命名此泉为"马刨泉"。

当地无人不知这个传说。传说中的旧址上，不知什么时候盖了一间不大的房屋，过往的车辆安全了，那眼泉水也得到了呵护。房檐正中，刻有"马刨泉"三个涂过红漆的大字，门是由几块粗陋的木板加工而成的，上了锁。为了弄清里面还有没有甘洌的泉水，我一只手拿着相机，从不太宽的木门缝里强伸进去，摁下了快门。晚上到家，迫不及待地把相机连到电脑上，找到那几张泉水图片，果然，虽不是很清晰，细碎的银光点点，平铺在视野里，还是如愿证实了泉水的存在。

因此，历史生动起来，厚重起来。

三、明长城遗址

终于，上到了盘山公路的最高点。空气清新得透鲜儿，山由于辟路显得更挺拔。由公路上山是最让人提心吊胆的，不知有多少个弯儿，不停地迂回，不停地盘爬。即便是上到半山腰，再往下看，也会惊叫起来，怀疑刚才是不是从这里走过。那条从谷底盘桓而上，尽收眼底的如银蛇般光亮、柔韧的带子，究竟是不是一条路？

平视前方，视野里是葱郁的原始次生林，再远望便是山韵味十足的曲线，是层峦叠嶂的太行最耀眼的看点。

车子前行，历史横陈着。

没有按自己的想法先上山，看长城遗址，而是遵从多数人的意思，先到山下的寺院里去。寺院属山西，寺里娇黄的迎春花正开，寺外粉红的杏花正艳，相映成趣，正如白居易的诗中所说"人间四月芳菲尽，山寺桃花始盛开"。由于地势高、温度低，山寺后山上的绿不显眼，寺门外旮旯里的野草，倒乘兴捷足先登了。

归途中，一条公路生生切断了古长城的躯干，从两山中间直冲过去，古老的传说在这里也变得断断续续。明时的长城遗址长龙般横卧在久仰的山冈之上，曲曲折折中记录着历史的点滴，爬上路边的缓坡，抚摸它承载过史之重、负过国之任的坚韧身躯，说不清心中所思所想，长城的身躯做了河北、山西的分界，就是自古被称为交通要隘的长城岭地段。

用力搬起一块古长城厚厚的青砖，想试一试它到底有多重。不知当年修长城累弯了多少人的腰身，古诗词里的悲凉，记忆犹新；故事里的泪水依然在眼前洒落。脚下的草不是平常山上的白茅、红草，而是农家的牲畜喜欢吃的常见的田草儿。这一切的一切有这里的草儿做证，有这里弃用多年的旗墩儿做证，有这条横卧的巨龙做证。在这里，依稀能听到战马嘶叫，能听到战鼓齐鸣，那声音曾惊天动地，气贯长虹。

如今，所有的一切都随历史的硝烟散去了，如天边飘过的云，无声无息。

踩着史册上记载的鼓点，拐向另一个小山坡，穿过散落着残垣断壁的草坡，会看到几间藏兵洞，扇形的大门，每一间约两米高、两米宽，中间相通，走进去，触摸到了发黄的历史扉页。

洞外，几棵迎风而立的杏树开满了花，开放得那么自然，那么骄傲。

细细看来，仍旧是古时的风姿，仍旧是旧时的情怀。不远处，一棵山核桃树新生出了叶片，一阵山风猛吹过来，树身尽力稳撑着枝丫，不让它摇得太过，那份镇定，那份自认的责任，不由让人心生敬畏。

夕阳西下，落日的余晖驱散了风的强势，不少枯黄的去岁衰草，让许多记忆成为永远。

用镜头记录下了这一刻。斜阳射进了古老的城门洞口，残缺的古长城旁，绽放的杏花正随风摇曳，似在深情诉说古老大地的心声。

初冬的原野

生在北方，长在北方，还没来得及完整地用心体会秋风萧萧，只见叶儿尽落。

奔行在宛转的山间小路，奔行在渐稀的村落间，掠过眼帘的仍是依山顺河而生的成片成排的杨树林。叶儿落尽，使得眼前独特的宽阔与不可抵挡的穿透，让心生出些许的苍凉与瑟缩。

空旷的原野没有多少声息，风从山与山的空隙里强挤过来。风过时沙沙作响的干玉米秸子，在干巴巴的地里兀自立着、摇着。装点视野的颜色，在此时悄然统一起来。一路上，想着村子里老老少少的女人们这个时节地里应该没有活计了。立冬了，女人们把头发随便用什么方式束起，扎起围裙，挽起袖子，把家的里里外外清扫得干干净净、一尘不染，再给劳累了一年的男人和长时间凑合着能吃饱饭的孩子认真做几顿好饭，迎来一家人的欢声笑语，就算是好好地歇一歇了。

想着想着，心儿舒展开了。

强劲的秋风给北方人送来最真挚的情感，送来对生活最饱满的热情。

萧瑟的秋意会或多或少地感染到每一个人。

车子又绕过一个弯儿。路旁，一树树夺目的柿子闯入了心的最深处，个个金黄，安然地吊挂在枝头。略显干瘪的枝丫上，没有一片叶子。

曾经鲜亮的叶子，早已尽数落地了，没剩下一片。这一树果实，成了此刻这山间最动人的颜色。此时，我真正感觉到，不单是果实占据人的心灵，让人惊喜，更是秋风过后裸露出的真实的惊喜，让人雀跃。

那颗颗无语的金黄柿子，是人们在这个季节最简单的表达。

"地里没活儿了吧？"姨家的墙角站着一个女人，看着我们的时候我笑着问。

"地里的白菜、萝卜还得长几天，窝在地里的庄稼秸子还得弄回来喂牛，活儿不多了。"女人自然地笑着，慢慢说道。

人们在一切都透明起来的季节，悠闲了。也许在一年中最无色的季节里感到最暖。因为他们不用再费力地流汗，不用再随着庄稼的长势忙个不停，不用再一家人齐齐地走出家门，分头劳作。而是一家人齐聚在火炉旁，听着锅里滋滋的响声，闻着饭菜的香味，不断地做略显亲昵的动作。他们还会精数着一年的收成，心算着明年的行程和希望。

花开花又落，他们就这样简单忙碌着，重复着。

总之，他们只有到了这个季节，才会感到有了自己的生活，有了自己的情感。是萧萧秋风让他们还原了自己，还是他们自己找到了本属于自己的享受人生的时间和情趣。

笑着归根的落叶，已携带着这个故事最美好的结局歇息了。

看叶儿尽落时，心的节律曾在秋风中随叶子的飘落，动荡过，生过"为谁辛苦为谁忙"的念想，生过秋风过更寒、回春远的无望杂念。每当走到农家的田里，看到初冬丰收过的原野、片片无叶的树林，总不停地嘲笑自己。

一场严厉的秋风过后，所有真实的存在都显现在人们面前，慢慢飘落的叶子上，纹理清晰有序。

酒杯里的村庄

拨开一层又一层的槐香，见到了相约时曾盈满笑声的村庄。

又见到了。由于海拔较高的缘故，掩于浓荫中的山村正沉浸在初夏的槐香里，独享着一份清静时光。只是这份静中，极明显地掺着几分若有若无的意味，真实而又深刻。

乡村再不是想象中的热情，心也跟着突破了槐香的包围。

临行前，特意买了些四季小葱的种子，想让因了什么不能与之共度的小院里，能生长一种不败的绿。万万没想到的是，推开两扇木门之后，一根从树上掉落的粗枝横在门口，倒趴在地的枝丫如用力张开的魔指，硬生生挡住了路。再看院里，齐腰的枯草与一些新绿相间而存在着，密密实实，根本没了下脚处。其状不愿再细描，还是任人想象吧。

眼见此景，一种说不出的心绪油然而生。西屋的门口，不知何时竟然生出一棵香椿树，长到了拳头粗，正如主人一般名正言顺地栖居在这里，已经与屋檐齐平了。

岁月啊！

禁不住在心里长叹一声。从不见低眉的爱人也长长地"唉"了一声。这是他从小长大、朗声读过书的院子啊！

　　一时间，似乎穿越了不知多么遥远的心路，一下子听明白了八十多岁的婆婆的唠叨声："我要回家种地，我要回家种地……"在她想念这个村庄的日子里，她的心事，该有多重啊！这才多长时间，曾经人来人往的明光光的院子，就容不下一只脚了。

　　要亲手种下那些种子的愿望，被无情的现实击毁。不得不把带回来的几包种子和清理院子的任务托付于他人。

　　院外低平处，一排淡绿色房屋的院里，那个时常张望着、看谁又回村了的老人不在了。更能清楚地看到他院子里的野草，挤挤挨挨，占尽了时光。真想从村头到村尾，挨户数一数，还有多少院子，此时是这样的清冷与孤寂。

　　从儿子出生后开始在这个村庄过年，到公婆搬到县城，已是六年有余。再后来，爱人的妹妹也不惜借钱搬到了县城。从此，和这个村庄的紧密联系，名存实亡。

　　午饭是在一位六十多岁的哥哥家里吃的，爱人约了他同村同姓的另一位表哥，说是好久不见，一同喝一杯。

　　二两半一杯。

　　一杯过后，这位表哥的话匣子就打开了。他说："四月十五，村里唱戏，你们一定要回来，一定要回来。四五十户人家，只剩下四五十个人了，还是老弱病残。其实早不应该唱戏了，花费得两万多块。可是一直就这么唱下来了，一年不唱，怎么能说得过去呀！不唱戏更没人回来了。供销社没了，小卖部没了，学校也只剩下一至四年级了。北辛庄的小学撤了，孩子们跑二十多里来这儿上小学。到了六年级更远……现在的年轻人谁还回来呀！"

　　"医疗所还有吗？"

　　"只有一个医生。来几天，走几天。过年的秧歌队没了，打牌也不够人了。村里人越来越少，没几个人了。不过，谁走我也不走。这回唱戏，乡里可能也来不少人，你们一定要回来，一定要回来。这不，有回来的，都找我喝上几杯。"

在这一杯阻挡不住的酒话里，这些渐渐冷却的记忆，或者应该还有一种叫作坚守的东西，和酒的品性一样，无方向地飘散着，飞腾着。工夫不大，满屋缭绕着的皆是一种颓败的叹息声。我听到的不只是和一台戏有关的话题，是太多太多的话题。曾经，过年时这个村子里的老老少少的招呼声；鞭炮声里老人和孩子围坐在炕上吃饺子的笑容；围着村子跑来跑去、惹得鸡犬不宁的孩子们银铃般的笑声；还有我这个所谓的本村人对这个村庄深情的记忆。而此时，这位表哥，他内心深处泛滥而出的按压不住的种种失落，并没有完全在这杯酒中，一一荡漾开。

我们从村子的东头，到西头，遇到了一对刚从地里回来的老夫妻，笑着和我们说了他们的孩子，说不用他们操心钱的事，也要在北京安家了。在他们的笑容里，我看到了欢喜，也看到了落寞。

"谁走，我也不走。"

"谁走，我也不走。"

我一直在思考这句反反复复听到的酒话。

他一家人不走，能不能守住这个乡村？守住一个乡村曾拥有的几百年？

还曾到过另一个空空的村子，如童话中沉睡了五百年的王国，疯长的绿成了村庄最霸道、最威严的主人。透过木格子窗，屋内缭绕的蛛丝下，那些支撑过鲜活岁月的镬、犁等身形依旧的农具，像魔幻故事中战胜过外星人的武器一样，一个个夹带着真实的记忆，做了被人遗弃的谎言。只有一溪晶莹的流水，藏起了心里的委屈，一声不吭，在我们走出那个村庄时，不甘心似的悄悄跟了出来。

身后越来越瘦的乡村，眉眼里都盈满了愁绪。令人难以释怀的是，一只透明的酒杯里，似乎盛放着所有村庄的前世和今生。

山野的味道

一场秋雨的滋润，使眼前的世界更为鲜亮。漫步在熟识的山路上，被前边一个穿粉色衣服的大姐所吸引。但见她轻弯腰，两只手轻巧地配合，在路旁和她差不多高的酸枣枝上一边摘酸枣，一边不住地往嘴里放着，品嚼着。

酸枣红了？

刚刚是初秋，这么早，酸枣就熟了？于是，便开始留心路边被酸枣压低了头的枝枝丫丫。

果然，丛丛簇簇的绿中，高高低低的酸枣树上，圆圆的酸枣占尽枝头，密密麻麻，正展现着太行山上常见的、不凡的秋意。绿的、白的、红的，三色齐聚，点缀并绽放着童年梦中的真实。

秋来，酸枣熟了，酸枣熟了。

儿时酸枣熟时，常在中午看午休的父母睡得稍沉实些，便偷偷摸摸下了炕，和不约而同的小伙伴儿跑到后山，上蹿下跳，放开腿脚地跑啊跑，会忍着刺儿扎，放开手地摘啊摘，边摘边吃，边笑边张望，看哪

184

棵酸枣树上结的酸枣又大又红，往往是吃得多，存得少。由于没有拿袋子之类的习惯和条件，每个小伙伴儿都将吃不完的酸枣，往自己穿着的背心里（背心下端束在裤带里形成的大空隙）狠装，直到装成一个个令人满意的、鼓鼓的、不成形的大肚皮。先是换着吃几颗酸枣，再比一比"肚子"的大小。然后，你瞅着我，我瞅着你，心满意足了。更多的时候是小手伸到酸枣堆里，随便摸上一个，放嘴里，不知道会撞上一个什么滋味的酸枣，却总是中了彩一样，十分开心地用牙齿刮着枣核上不多的枣肉，那是一种无以言表的开心的童年特有的关于酸枣的回忆。

摘酸枣时，手肯定会挨扎，回家后会挑出许多短刺。再就是大把大把地摘时，会将酸枣模样的绿色虫子——"扫角"一并摘下，迅速装起来并挨了肚皮时，那是什么感觉啊，一会儿这个"哎呀！"，一会儿那个"哎呀！"，串串疼痛袭来仍拦不住惦记着摘酸枣的我们，集中起来的痛点似乎还不到蔓延的时候。那些特别小心没挨着虫子的伙伴，则会在一旁大笑起来。这种痛，从来不在被同情之列，虽说每次都是带着"伤痛"和酸枣归家，但肯定地说，那些吃到酸枣的酸甜的感觉更令人难忘。

摘酸枣会挨"扫"是注定的。整个摘酸枣的记忆中，没有哪个伙伴儿哪一次能侥幸逃得过。真想不出，这种东西是不是天生专门来护酸枣的，挨了刺的皮肤会针刺般地痛上许多天，若偶碰触一下，仍会痛得"啊啊"地叫。这种没有一丝消减的痛，要在十天半月之后或更长时间，才会在酸枣的甜味中慢慢得以缓解，消失。祖辈没有传下什么特别见效的止痛办法，除了忍，还是忍了。

姥爷家的秋天是丰富多彩的。除了他走东坡、串西坡收回的北瓜、红豆、山药、玉米等，南屋放着的最多、最显眼的是酸枣，是一种从来没见过的多。我十分惊讶这种多：满满的几大篮子，大篮子也是从没见过的大。红的、白的、绿的、大的、小的、甜的、酸的、齐齐静默在不见阳光的屋里。一见，心下就急慌慌地不知道先吃哪一颗了，悄悄蹲在篮子旁边，挑呀，捡呀，吃啊吃，一直吃到一眼能认出哪个甜得胜过大枣，哪个又酸得赛过食醋。

酸枣仁能入药。没想到那时的姥爷，和陡坡山梁上满是刺针的酸枣枝丫会有着千丝万缕的联系。他从不顾及那些绿色的会"蜇"人的虫子，只指望着卖个好价钱，补贴家用。一个一个酸枣从酸枣树上摘下，放到皮软了，又到河水里，费力地搓净枣皮，再到一个个药材收购站，详问相差几分或几角的价格，最后挑一家，哪怕稍高一分钱的收购站，才会不舍地卖掉。这是当年酸枣的价值得到验证的全部过程。

小学时第一次勤工俭学，穿坡过沟，摘下了自认为多的酸枣，精心地侍弄到最后，清楚记得，卖了一元零四分。从此开始明白了做事情不容易。

而今，遍山的酸枣又红了。除入药用的酸枣仁，经现代工艺加工制成的有名气的酸枣汁、酸枣醋等成品，已销往国内外。不由感叹着，想外公在世时佝偻着、不停劳作的身影里，是不是有了多多少少的遗憾，相比之下，当年摘下的酸枣是不是少卖了价钱？

满山、满树、满枝。酸枣的红、酸枣的甜，颜色如初，诱人如初，已分不清哪一颗承袭着儿时的欢乐，哪一颗又见证着昔日里生活的艰难。想一棵棵红绿相间的酸枣树，扎根于山间，冒着四季风雨生长、充实，那份无可比拟的从容与执着，已悄然立在了山里人精神世界的中心。

走上山去，每当看到这令人念念不忘的世间灵物，无论是谁，都会毫不犹豫地伸出手来，摘上一大把，放进嘴里，慢慢咀嚼、品尝熟识的山野的味道。

整齐的季节

常惊叹节令的绝妙。秋悄然而至时，瞬间便剔除了夏的炎热，给了人一份爽净，也顺手给树木的枝叶涂了层淡黄。"常恐秋节至，焜黄华叶衰"，与这份自然而然的到来相携而至的，还有一种淡淡的不知所出的心绪。

总觉得初春的花儿还未赏，眨眼的当儿，便又看到了秋叶泛红的身影。不当真，确是真。当了真，竟以为是匪夷所思的现实。"什么时间去赏花呢？来日吧！来日过去了。什么时候去游湖呢？来年吧。来年过去了……"读作家冰心的这些清冽冽的诗句，竟如一把有着岁月刻度的水晶锤，正在无情敲击心窗，直到震得人心晃荡，自持的美好平静和拥有，一时间，碎了一地。

总觉得日子还长，总觉得可缓冲的时间还很多。一位白发的同事曾慨叹不已，声言自己曾浪费了聪明、浪费了生命。在这叹息声里，接收到的是和秋无声到来一样的单行信息。

当思绪顺着时光的弧，转来转去，一些经过的和一些正在消逝的，无意中织成一个特殊性能的光圈，有多少人为此迷了路，致使一生都未曾转出来。工作许多年，曾为了什么，刻意和心中那一份整整齐齐的存在较过真，也为这种力求的整齐付出过代价。直到有一天，在无奈中，在极不情愿中，在心里给自己留了条后路，原来这世上的许多存在永远都不会整齐。

就在这样一种可进可退的浅淡思维里，我被今年的秋无声地感动着。确切地说，应该是人生第一次用如此细微的心情，对话秋、体味秋，并且体味得如此真切和细密。

有了秋风的夜晚，风从打开的窗子里流进，它的力量已不容小觑了。它会扫射得人的腿脚有了寒凉之意。此时，不得不伸手拉盖些棉织物，以表示对秋的谦恭。一件又一件恨不得扯掉的薄薄夏衫，显得过于轻飘了，轻到耐不住一丝刚刚斜里闪进的微风。想此刻，奶奶手中慢摇着的蒲扇，一定被风吹掉了吧！

翻开《吕氏春秋》可以见到，古人遵从季节制定出诸多规约，作为动与不动、行与不行的参照。一切皆为了百姓的风调雨顺，五谷丰登。遵时守约，皇亲贵族们皆会虔敬地依礼祭天，可见古人对上天由衷地臣服和对自然的了然与敬畏。

四十年，除了惯常对四季的依顺之外，还没有过此时对季节发自内心的尊敬。幼年的春，成长的夏，收获的秋，蕴蓄的冬，齐齐聚在一幅色彩斑斓的水墨画中，时浓时淡，时隐时现。笔调的不一，成就了这个世界的纷杂和忧喜。而季节的整齐断面，又是上苍为世人定下的一次又一次午休时的闹铃。

充分理解了这一点，一份神圣便做了世间最让心惊异和感动的碑刻。

在秋天的寻找

蜗居在家，任思绪漫舞。透过玻璃窗能远远望到山尖，竟感到它的远实实逼近内心。想象着，和山顶的亲密接触已成为遥远的过去。细数，竟有十几年了。不是没有时间，不是不再喜欢，而是在心里对它的高远产生了畏惧。

时光在无声中远去，不知从哪天开始有了这种感觉，尽管不想承认。

平日上山，也只上到半山腰，儿子和他的父亲或偶遇的友人同到山顶。每每这时，总在半山腰等，直到他们下山。

真的不再相信自己了吗？

做好准备，和儿子说明意图，儿子欣然同往。要试一试，也亲近一下秋。

与前次上山间隔的日子并不多，没想到竟有了一条明晃晃的水泥路代替了沙石路，弯弯曲曲地顺势延伸着。抬头，一个八角亭驻足在山腰，山路上也有了山寨版的楼梯，走过时有点腿瘸的感觉。细想是因为这阶梯，一步走太远，分两步走太近，没有办法立即调整几十年来习惯了的步态。

路面因了阳光反射很刺眼，思维里的空间瞬间被屏蔽，身边火炬树叶子的红做了陪衬，不知用一把缠在山腰、长长的利剑来形容这条路合不合适。但它此时真实地凭空斩断了我的念想和在脑中久存的山的记忆。

眼前的这一切，削去了大半准备好的上山看秋的心情，要想真正看到秋，必须再向前走，走过这段侵吞山野气息的钢筋水泥。

终于踩到了厚实、铁锈红色的沙石路面，听到了旧日明显窸窣的脚步声。峰回路转，曲径通幽，没有遇到同行的路人，半红半绿的火炬树在路的一侧笑逐颜开，浅草半遮的路面的另一侧是渐趋陡峻的山坡。坡上是粉白的山菊，叫不上名的一簇簇娇艳的黄花，低垂的倒挂金钟模样的小小紫花，还有各样植被盖严了整个山体。没有风的正八月，天高云淡，令人神清气爽，不觉中放松了心情。

气喘吁吁地上到一平台处，寻一石，急坐下。儿子却一把拉起我："不能坐，走几步，闭口，恢复得快，才走了不到三分之一！"语气是命令式，边用小手捂住我的嘴巴，我只得起身来回走动，才走了十几步后，不知是因体质不是太差，还是呼吸了松柏林里富含负离子的空气，片刻疲惫全无。

盘旋而上，抬头看山顶，继续往前走的这段路有七八十度的坡度，非人工路，是爬山者日日走出来的一条曲径，一如若干年前时隐时现，间断存在。一路走，时而会因山花驻足，时而会被顽石堵截，时而放眼远眺，看到了更高更远的山。山不寂寞，因为是正午，阳光无限好，"咔嚓"一声，远处视野里层峦叠嶂、连绵起伏的群山就尽收眼底了。没有感到"一览众山小"，却想起"指点江山"的诗句，不满足的是，始终没有寻到想念极了的山丹丹的俏丽身影。这座山上原是很多的，许是错过季节了吧，花儿不开的时候，焉能在众里寻到它。

心忙了，边走边积聚着美的瞬间，倒觉不出腿脚的沉重了。

竟然到山顶了。

旧日的电视塔独自矗立在山顶，俯视着整个山城。塔边的小院里院门半开着，人去楼空，院角有成片紫红色的牵牛花兀自开放着，砌屋的砖还是那样红，只是分不出哪两块是九岁那年为完成学校的任务用尽了力气才搬上来的。想若是现在，恐没人敢组织学生做这样的集体劳动了，学生也就失去了这样的机会。那次，我是第一次上这座山，当时带着五公斤的砖上山倒没有畏难情绪，三十年过去了，空着手，倒忧心起来……

上到山顶，就坐在了山顶上。忽然感到，又有了征服了什么的感觉，似乎又找回了什么。

此时山花正烂漫，秋是美的，是成熟的，路边的山槐挂满了槐角，正享受着饱满；颗颗红酸枣正在枝头和微风嬉戏；松柏正凝望着秋的庄重；远处那所新建的中学，在阳光下成了新的亮点。

"就这样下去？再坐一会儿！"边说着，在一块较大的石头上坐定，抬头看到身边的大石头上有斑斑驳驳的不规则暗纹，明显而又生动，是岁月刻下的印迹，还是历史长河中上演过的故事？

我看不懂，可认定石头懂得，它用自己的方式，一笔一笔认真地记录着什么。

低头看山腰，新建的红色八角亭在这个秋天不自觉地出现了，有点像戏台上的角儿。再看那条惹眼的水泥路面上，一辆轿车正急速地驶上山来，打破了山的宁静。山上有了城市的气息。

想看秋天的真，必须登高，而我似乎又看到了自己的影子。

海之静

我遇到的海之静，在晨曦中。

因了时间，因了渴望，迫不及待，一个人赴约一样奔向海。走近时，同行的友人们都还在睡梦中。

早晨的海，像是被这花园般的城市巧妙地抚平了心事，极为平静，纵有阵雨不绝，亦无半点热情削减。更如一位睡眠充足的年轻人，一脸惺忪背后充斥着无尽的活力，却又是令人生敬的静的稳健与安和。

走近之前，本是准备了许多话要当面畅说的。但一见到，却是被海的宽阔的情致掠染，所有备用的思绪和语言，被海的静拂到枝叶全无。

面对着礁石的静、海岸的静、海水的静、行人的静，心中的静与这无边的静融成了一体的静。在时间的横断面上，这静是令人震撼的前所未有的静。原来，静才是世间最诱人、最美的。随之，静随着海面平缓的主旋律，轻漾着一曲从属于外力的久违的情感。

海是庄重的，真正的海天一色。海水静得可爱，静得会让心忘了尘世，赢得一份常时不易捕捉的轻松心情。因没有白日喧嚣，但见三三两

192

两的游人，也许和我一样，本有着想要捕捉什么的心思，却因了海摄魂夺魄的气势，终与这海相依相偎。他们都静着，自在着。或漫步沙滩，尽享金沙之柔细；或轻逗海水，悟海性之通灵；或自在沉浮于海水中，贴紧海之肌肤。

阵阵海风，陆续送来海鲜嫩的味道，融进海无边的神奇中，整个人仿佛置身到了一个难以企及的世界。

无法触摸到昨日的海，或者夜色中的海骨子里的奔腾烈焰。我用自己从祖代承袭来的方法，将海水、海风、海边礁石、金沙、游人、大海的传说等与海有关的一切，一股脑儿装进了心中，随之精心陈列，一一珍藏。

海不会总是静的。可那些与海相关的汹涌澎湃、波澜起伏、海风肆虐、海风咆哮等与动荡不安相关的词语，都与眼前的海无半点瓜葛。我在海边行走，观望不到一点海的不平静因子。

淡忘了自己的经历吗？不可能。完全掩蔽在了海的最深处？不真实。

独坐海边，眺望悠远的海岸线，旷达与久远在心的最远处形成了真实的消逝点。

眼前的海之静，静到让眼前的海平铺成一片深色系的绒布，将柔软与整齐划而为一。我的眼前，却闪烁着无数魂灵，在这块拥有着无边力量的平面图形面前，站在最前面，最明显、跳跃得最具特色的，该是传说里美丽的海螺姑娘，几经磨难，终得安居后的最恒久的静吧。

一河音符

沿河两岸是摸不到的翠绿山峦和点缀般丛生的杨树林。一条从远古流淌至今的明澈的河，就生在这两山之间。千百年来，自上而下，不改初衷，自由奔泻。不知哪天，河水的哗啦声唤醒了村庄人的梦。于是，村庄的人借着地势，给河建了一个又一个的隔堤，置了一顶又一顶彩色的小船儿，放在了深水区。

水的四周开始变得五颜六色起来。水的身躯开始起伏错落。顺堤而下的多情浪漫和奔行无止的激情，早早织就了层层洁白动感的水帘，在这深山的绿中，尽兴展露它的情怀。于是，这条河不再是人们心中的一条单调的河。

很早便说，要来，一定要来。

这河也好像专门为了迎接我们，刻意装扮着。

直到那个电话要打爆的傍晚，三五好友这才放下了繁重的工作，伴着落日，聚到这条河中央的八角亭上。围坐的数人，此时都在观望远山，感受身在山水美景中的宁静和安好。夕阳如静立在这条河的源头一般，水中欢笑着的粼粼金波与友人多年难见的喜悦，一同散醉在这河水中。轻轻地，等一河的水携足了欢喜，才悄然远去了。夕阳更是不愿离去的看热闹的孩童，瞅了又瞅，带着几分不情愿，姗姗而去。

四周渐渐静了。山形愈加清晰起来。除了水声更加放松地响起，还有一摞畅快的心情平置于此。围坐的友人经年没有说过的话，早在明眸中相互传递着。专家同学拍下美照，迫不及待地通过微信传到了正在中国人民解放军总医院进修学习的同学，并说："诱惑那个懒的，长得漂亮的，气她，气她。"笑着，笑着，打趣着……工作的疲累、世间的烦恼消失了，心在这一河水的清澈里透明着，一如水中自在嬉戏的鱼儿。

月儿被挡在了亭上。杯盏中盛满了情谊。一河初来时奔涌的心境渐渐地被放平。这群人大都几近不惑之年，曾在同一个操场上奔行，曾在同一页书中寻找生命的过往，曾在同一片天空下抬望星空的秘密。而今，又在这同一条河的陪伴下，一边回忆昨天坎坷时的欢笑，一边整理着明天上路时的行装。

女人非常不容易，家里家外，不是没时间说这些心里话，而是已过了说这话的年龄，不说一台台的妇产科手术了，也没人提职称，只有一句："不出来放松放松，怎么活！"一句话，所有的过往，所有的担当，竟全部涵盖其中了。面对这一群永不服输、永不言弃的人，我轻轻叹道："如此，岂有不累之理！"

河水的哗哗声更明快了，夜的凉意陡增，大家一致同意将亭上的餐桌搬到屋内，继续侃，继续品，继续不停的脚步。

近子夜，几个人又找到曾经的心情，挤在一张床上嬉闹，互相打量着，说着今，叙着往。或许积了几十年的疲累，都散在河水中了。

"细纹已悄然开始爬上我们的眼角了。"

"什么时候再聚？"

"难呀！"

时间不等人，开始各说各的……

等到眼睛睁不开，才笑着各自休息去了。

依河而建的农家客舍，费尽心思采足了大自然的精气。没有一丝睡意的我，披了一件外衣独倚着屋外的栏杆，听这一河自在的哗哗声，听到河水欢快时稍显急促的呼吸，感受这顺河而来的微冷，静思这一河水带给心灵无限的快慰。那些从自然中、从河水中，再次寻觅到力量的心，都已进入梦乡了吧！

想，倘若躺在床上，这水声不就在枕边吗？枕着水声入眠，还是头一次。我清楚地知道，等她们一觉醒来，恢复了精神，那些受损的颈椎、腰椎又会滋生出强大的支撑力，继续奔忙在生命科学的最前沿。

此刻，远山朦胧有形，星月平铺水底，河水节拍短而有力，绵绵不绝，竟如大海涨潮一样。

云之思

　　曾无数次仰面观云。看云朵变幻着身形，向世人展示它的多彩；看云朵恪守着矜持，向世人轻诉它心中久涨的情怀；看云朵果敢地绽裂开它的犀利所向，呼唤着天地一同为之动容的瞬息万变。

　　云儿飘然，一年四季，与它相依的天空坦承着它的梦想。云儿自由着，扶持着它心中的天空，始终在为它描摹着它心中如一的祈愿。

　　那时太小了，断不轻信天上的云是会游动的。

　　坐在夏荫浓郁、翠苗竞长的田垄旁的杨树下，抬头，一只小手直直地竖起一根手指头，放在一只眼睛一侧，对着天上的一朵选定的纯白的云朵，然后紧闭另一只眼睛，在幼小的心里，算是瞅定了一朵云。人是坐定了的，手也绝不会动一下。若云离开了那根后来才明白叫参照物的小手指头，那云就一定是会游的，会飘的。若时间走了，云还在那里，那父母们说的，便是假的。

　　证实过了，云真的是会飘游的。云是自由的。云的自由是缘于天空对云的宽容和爱，还是缘于天空自身的博大浩渺？在经年抬头望云的思绪中，在步步淡而坚实的生命里程中，在经历过云变戏法般地降下雨、雪、雹后，终没有梳理明白和确切。

二十年前，和同窗女友在五台山佛母洞景区繁茂的山花丛中，面对着躺在绿草和各色山花间的笑脸，竟被那山、那花、那云，感染到忍住笑声，忍住向前上到山顶的跃动心劲。一时间，被山花团绕的心，真正安静下来了。抬头，被天的蓝、云的白诱惑得饱饱的情感，只有用心体味了。

一朵朵云轻轻地飘着，轻是绸纱般曼绕的轻；白白地晶莹着，白是漂洗过纯情的白；云朵的瑰丽身形，附丽在天空的蓝中，让人有一种想闭目陶醉在云的游弋中、想陪着云一同畅想的美感。我看到了云安逸的一面，虽高远，却静享着从人生长河寻觅来的美好和快意，这一点云比人更明白。否则它为什么这般静谧和纯粹？我则更愿意认为这是云淡然追逐、恬静悠然的品性。

母亲急切的呼唤声，此时此刻又从键盘敲下的字行中骤然突现。"雨快来了，快都起来，帮我把麦个盖好，帮我抻塑料布……"睡不醒的梦被一声声厉色的叫声轰开、搅散。懒懒地睁开眼睛，抬头，不管懂不懂，都要有模有样地识别一下，是不是真的如母亲所言，天不待人！

急急的雨点儿总是在麦子没收割完或没晾晒好的时候到来，如一位不解人情、被人憎恶的凶悍之人。此时的云，怒目着，翻滚着，层层巨浪般地涌动着，如浓烟色泽的天空笼罩着整个视野，身形百变，如钩似绳，着实会吓退人，只剩下胸中起伏的思索。云儿为什么会这样？是不是受了惊吓，抑或受了委屈？还是遇到了一生中最大的不如意？云儿为什么就不能痛痛快快地哭一场呢？那一声声的闷雷，不正是它的哭声？那唰唰而落的雨滴，一定是它的眼泪了！此时，我更清楚地理解了，云执着时内心的苦涩和落泪后的轻松。

等到儿子会说"天上钩钩云，地上雨淋淋"时，我们一家人曾漫步在夕阳下的半山腰。爱人在一稍高处，兴致高昂地吟诵着："……鲲之大，不知其几千里也；鹏之背，不知其几千里也；怒而飞……水击三千里，抟扶摇而上者九万里……"我欣赏着西天的火烧云，正红、正艳，形巨而辉耀于天际。我感到此时的云，也一定是因收获了片刻的流光溢彩，眉宇间尽绽着舒顺的笑靥吧！云，以这么亮丽的身形出现在我们面前，不多。是它真正拥有了一刻的甜蜜心境，心无羁绊时的随意呈现吧！心随意动，禁不住和云的明媚神情一同灿烂起来。

历数，不管文人墨客如何描绘云的万般风情，云儿一如既往地在空中执着着；不管四季轮回中，人们如何将一切不如意推到云的身上，云儿一如往昔地在天空飘游着。

云的喜是彩色的，云的痛是黑色的，云的无奈是灰色的，云的初衷是纯白色的。风是它的行踪，雨是它的泪滴，雷是它的怒吼，雪是云内心的宁静。

碧蓝的天空上，一片片云正在缓缓地飘移着，时卷时舒。

第五辑　一轴灵魂的画卷

　　每一本书，都是一位智者倾尽生命的色泽描摹出的真实画卷。当我们徜徉其中，会找到精神的支点，找到灵魂的栖息地。

一轴灵魂的画卷
——读赵新《拉着小车散步》

常留心藤本蔬菜，比如黄瓜、丝瓜、豆角等，每见它们依着什么力争时光，心会微微一震，更有一个念头骤起，就瞅那些用树枝搭成的架子。似乎这些架子时时都在唤着这些绿色的生命，同时，更有随时会拉它一把的意味。

于情于景，在拿到赵新老师的小说集《拉着小车散步》时，心下就再现了这种感觉，很真实。

很是感动于一位老人的良苦用心。赵老师是不缺读者的，也不在乎多几个或者少几个。人生从忍饥挨饿开始，苦也好，甜也罢，皆已遍尝。半个多世纪的耕耘，与文学艺术紧密地相牵相系，你不难想象一位老人在面对世事时，心中已是一镜平湖，秋月般明朗。

家乡的月明。庆幸是赵老师的故乡人，所以在得到赵老的馈赠时，内心充满感激之情。因读书习惯，寻了个时间后一气读完了它。

悠悠乡间，草木舒展自在，从没有像城市花草一般被整体修剪过。

《拉着小车散步》中的一幕，就发生在这样的乡间。拉小车的人是自然的、欢愉的，更是沉重的。除了作家本身对一次散步淋漓尽致的抒怀、隐喻之外，这次散步，似乎也是获得全国小小说金麻雀奖的这本集子的整体基调——情在，爱在，痛在，生活在，希望在。

徜徉在浓浓的阜平方言中，你会被这一方水土稳性的热烈、从侧面透视出的丰富饱满的艺术形象所折服，所震撼。听过对小小说的各种微词，可当你在这一组"有官在身"里慢慢剥离，将一大群人或萎靡，或浮夸，或坚硬，并一一诙谐地绘出他们的肖像时，你将断然否定以往对小小说的各种偏见。

以《知己话》作为开篇，我相信一位老人的内心是动荡过的：面对至亲的人，一架悬浮于世俗的躯壳，就在醉意蒙眬中糊里糊涂丢失了真我而不自知。颠三倒四的《抢种辣椒》中，一群如被定型了的、无法合拢内心世界的木偶，完全在一个既定的轨迹中郑重其事地忙忙碌碌着。《变来变去》中的二蛋，始终在寻找不到自我的路途中挣扎，且不知所措。村里的乡亲们在其死后才为其正名。文章的寓意之深，令人沉思，令人叫绝。《高兴》是从另一个角度解读人生的好小说，那寄寓在人性深处的高兴事，是紧随着一驾马车一路等待，并得到了粪肥的过程，是何时何地都改变不了的高兴事。读过，你肯定会思来想去。可是，如果没有困苦生活的经历，你是想不明白的。当生活至上，不，当活着至上，在真正体悟过生之艰难的人心里，所有的都是身外之物，又有什么能引发人内心的风起浪涌呢？《高兴》是作者对自己内心世界的真诚陈述，也是控制不住的无声呐喊，也是这本书中令我印象最深刻的一篇。

百相丛生，在每个有感知的人心里，都有痛感。可是永远不要失望，《苍蝇之死》在讲了一个讽喻相融的小故事之后，将一种看不到的力量，巧妙地化身到一个女人身上。最后，让其奋起打死了一只苍蝇。《您知道我是谁么》讲的是一位同学将自己的所有积蓄替局长及其朋友买了药之后的悲怆。笔墨是从容、自然的，也是夸张的。可小说所勾勒出的艺术效果是会让人产生真实痛感的，是有道德的。在文章的最后，当冯亮伸手把老人的两颗泪珠擦掉……可敬的老作家，又为我们点燃一盏心灵的灯火。

《呼噜》惟妙惟肖地刻画着人性中蒙昧、丑劣的一面，在人的本性慢慢跌落、慢慢变色的过程中，递给读者的是一种不见血的疼痛。主人公心里定位父亲的呼噜和县长的呼噜，有着相距天涯的不同。而作者的点睛之笔异常精妙地将土地之上真实、自然之音奉若神灵的时候，我们的精神就拥有了一种为文学提振之后的清醒和力量。《我的钱可以花啦》写的是令人心酸的官场作秀。而《第七个名字》是先锋写法，借给一个孩子起名字为故事主线，引来了来自世俗之外的新净之声，代替了人类将名利交杂、缠绕在一起的声音。读之，心神顿明。"大千世界"中，《还是放羊好》写的是一个人从家乡出逃到外地，最后又逃回家乡的无处可躲的尴尬。与契诃夫笔下寂寞的马车夫一样，在现实面前，有一幅画的色彩淡了。你不得不佩服作者解构、敲击现实的角度，笔力如剑，看似柔软的语句中，将普通人的心灵之声放到了足够大、足够远。《有事打电话》中写的是主人公唯权贵至上的嘴脸。《伤害》写的是城乡之间、贫富之间的天然屏障，说厚也厚，说薄也薄，隔不住的是人性的美好，是催醒人心灵的汤剂，是给这个愈加苍白的世界饱含希望地描出了温和的线条。"朝花夕拾"中，作者展示的是情，是乡情，是亲情，是人性中的美好之情。《小米焖饭》《开店的女人》《借伞》《二姑》《二乘以三得八》等，有一种永远不会怠慢的，对故乡、对血脉的思念之情、感恩之情。视之有情，读之有情，品之情愈浓。由此可见作者内心铭心刻骨的东西有多么质朴，有多么深沉。或者正是一颗感恩又敏感的心，才能在文学艺术的道路上走这么远的路，才能发现并摆渡出如此美好的乡间风情。

"庄户人家"是一组本真极了的农村生活画，是尴尬现实中的小我与美善底色的相互交绕、碰撞，是习以为常、沉重的亲情之爱的再述。当这些存在一一呈现，同时描绘出了富有、广远、纷杂的心灵画卷。视之动感生辉，触之棱角毕现，品之味道醇浓。《鸡不叫，天也明》是我一读再读的一篇，本文写主人公夫妻二人争论关于村里最后一只打鸣的公鸡卖与不卖的事。读过，让思维直线到达的落地点是东北，是莫言笔下的红高粱的种子。乡村没有了鸡鸣，最后一只公鸡蜕掉了它的高傲，变成了一只蔫蔫的母鸡。作者让文章如此结尾，留给了我们一道世间难解的课题，一道人生的、关系到民族精神的大课题！须感谢，感激这位老人是如此用心和用力！

鸡不叫，天也明吗？！

篇篇精华，字字珠玑，不能一一尽数。

不能完全排除小小说文体本身的原因。纵览读过的书，还没有一本书如这本小小说集包含的信息量之大，纵横捭阖之间展示出一个立体的、多元的、真实的现实世界。人性的迷失，心灵的美善，智悟的箴言，以及对世人看似轻描淡写的重重敲击。可见远过古稀之年的老作家是如何将几十年来对世事的至深感悟精心地布局，又稳操胜券地运作娴熟的写作艺术、精致有趣的本土语言，将自己对客观世界的认识用小小说的表达手法一一列陈，为我们端托出一道精致绝美的精神大餐的。其面之广，其度之深，其质之美，无出其右。是解化不开的乡情，是人生过往中的感恩之情，最重要的是，即便是读者目睹到快刀利斧之下极难看的愚陋和无知，亦不会产生低迷情绪，而是沉思之后的崛起和希望的再生。

轻合这本书，一位老人就坐在你面前了。眉宇轻扬间，他将一个人生命之中的最坚硬、最柔软、最幸福、最痛苦、最高贵的心灵之声，双手献给了这个世界。

抖出的春天
——读李汉荣散文《父亲的鞋子》

　　背着近百斤自种的"纯绿色"大米和面粉，一路跌跌撞撞，辗转百余里，到城市看望儿子的近八十岁的老父亲，先是向儿子内疚地说不能在儿子买房时帮忙，又下到楼下拍了拍衣服，抖落掉鞋子中硌脚的花草种子。没想到的是，在次年的春天，在楼下，在父亲拍过衣服、抖过鞋子的地方，竟生出一个美艳的"百草园"来。当我读到这里时，禁不住哗哗地流下了眼泪，我相信作者在写此文时，一定是含着泪的。

　　"他清贫的生命，又是那般丰盛和富有，超过一切帝王和富翁。在他的衣服上拍一下，鞋子里抖一下，就抖出一片春天。"作家李汉荣就是这样深情地描写、追念自己一直耕植于田野的父亲的。他来不及拍的衣服上、来不及抖的鞋子里，是春天，是一个儿子心中完整的春天。父亲清贫吗？不。父亲拥有这世上最美好的东西。一双手，一生在太阳下劳作，在田野里耕耘，除了付出，还是付出，父爱如田野一样的广袤、一样的丰富，何以说清贫。

在一个儿子对父亲沉甸甸的爱里，心就走在了作者的父亲劳作了一生的田野上。谁又能说，父亲的田野不是百花齐放，不是花草芳香的胜地呢？

作者笔下的父亲就是整个广袤的田野，他什么都有。他的田野里生长着属于生命的最美好的春天，一个儿子得到的也是一个完整的春天。儿子在城里买房，他没有一分钱可以帮忙，但在儿子心里，他留给儿子的是世上最美好的东西，是最完整的春天。

整个上午，我的情绪就在这片真实的春天里来回徘徊，一直为那片抖出的春天萌生出无限的感动。

"我们这些敢于践踏一切的鞋子里，除了欲望的钉子和冷酷的铁掌，还有别的可以发芽开花的种子吗？"感慨中的这些花草种子，多是从父亲的鞋子里抖落出来的，父亲的脚也一直是站立于泥土、踩在芳香的花草之上的。他步履清新、真实，没有哪一粒粮食不是来自田野、来自他辛苦过的双手。这许是作者从父亲那里得到的最珍贵的馈赠吧！父亲清贫的一生也是芳香的一生。如作者所说，有比从父亲那里得到开花的种子还要好的得到吗？

不想说作者在描述一件事物时所具有的非凡的语言组织能力和令人羡慕的表达方式，最想说的是，当一颗心被另一颗心诚实地呈现在人世间最珍贵的内存中时，现实中的我们最应该着力呼唤的又是什么呢？

父亲的鞋子，是用来走路的鞋子。我们的鞋子，也会如文中父亲的鞋子一样，一直走在充满着芳香的花草地上吗？也会如父亲一样坚守着清贫，坚守着真实，携带着人性的芬芳，将春天一代又一代地递送给我们的子孙后代吗？

父亲的鞋子，是清贫了一生的鞋子。父亲从最清纯的田野上走来，把春天的种子带给了我们。至于说他到底为我们留下了什么，作者说得太好了：他什么都没有带走，就是他留下了一切。从"我"的父亲写到所有的父亲，他们为我们留下了田野，留下了春天，留下的是月光般纯净、饱含人性的美德。

在梦想的春天里，我们清贫着，我们富有着。在双手接过抖落的春天里，眼前是大片大片生长着的野茅草、车前子、蓑草、野薄荷、柴胡、灯芯草、野刺玫，还有一株野百合。只有我知道，他们都来自父亲的田野……

爱的盲区
——读彭学明的《娘》

　　静坐在一张凉席上，拿起作家彭学明的《娘》，一时间彻底淡忘了屋外的温度。

　　全书从一个背在背篓里的孩子开始，从一个孱弱的母亲争夺他的抚养权开始，心随意动，就沉在了一声声透彻肺腑的深情追忆和刻骨铭心的自责中。命运是什么？命运像是上天从魔盘里随机转出来的记忆卡片。娘的命不好，生活中难咽的辗转凄苦，直指肌骨的风刀霜剑，娘都经历了。可无论遇到了什么，都不曾撼动过娘坚强不屈的神经。那就是，要我儿长大，并坚持要让我儿拥有钢铁一般的神圣信念。

　　在困厄时，为翻越贫困，她讨吃过，她玩命地多做活。为战胜疾病，她不让读书的儿子知道，蹚过了普通人性中的一次又一次泥泞，只为了坚持让孩子读书，让孩子能吃上饭，娘不惜一次又一次把自己嫁出去。禁不住想，当贫困将人逼到死角，为了孩子能长大，能上学，娘的心里还会有自己吗？

透过生活的风雨，一个善良、坚韧、宽容、理性，永不对生活低头，却能为儿子深深弯腰的娘，雕塑一般地出现在我们眼前。最震撼人心的，是作者直白地剖开了自己的心，全方位展示出一个儿子对一个受尽磨难的娘的爱的盲区。

为生活所苦所累的娘改嫁了，儿子被人嘲笑，儿子感觉到的是耻辱，儿子觉得抬不起头来，认为是娘做错了。和人对骂的娘也是不可理喻的，是一个不谙世事的儿子的自尊心所不能容忍的。在参加工作之后的年月里，好不容易不缺吃穿了，娘摆摊儿也是给儿子丢脸了，打麻将也被儿子禁止了，等等。作者最终反省的，是自己无情规范了脱离了饥肠辘辘年代的娘的生活理念。

而娘呢，能为儿子打架，能为儿子讨吃，能为儿子改嫁，能为儿子忍痛卖自己的房子，进城和儿子一起住。即便是心下最难耐的憋屈，也只有在半夜才会哭出声来，为儿子，娘还有什么不能忍受呢？！

娘在无怨无悔、无休无止地付出。儿子在一天一天地长大，长大成人之后，又明白了多少呢？

娘离去了，骤然间，儿子跌落在了一种前所未有的空荡里。

自己把娘弄丢了。

无尽的思念，无尽的悔恨。和娘相比，那些空洞的面子、荣誉和地位，又是些什么呢？

"世界上有很多有钱有势的母亲，可我只要我这样贫穷卑微的娘就够了。"

"世界上有很多伟大高尚的母亲，可我只要我这样的弱小平凡的娘就够了。"

读作家这样的心灵絮语，不由得回头再看，娘为了孩子能放下一切，就算被儿子规范一生，又算得了什么？娘一定是无怨的。倒是儿子，是做儿子的在向世人高举着爱这面旗子时，上面写着——孝顺。并告诉所有的娘的孩子们，这个词，该从右往左读。让爱的盲区越缩越小，一直到无。

一部《娘》，展现了一个酸痛的时代，书写了一首真实的心灵史诗。

唯有祝福天底下所有的娘！

有一种燃烧
——观安德鲁·怀斯的画《克里斯蒂娜的世界》

绘画之于我，遥不可及。

在一张或大或小的纸上，用各种色彩的颜料精心绘制出，或人物、风景，或故事后，供人欣赏，这就是我对画最初的理解。

初逢画，是母亲凭自己的喜好买回的、用来装饰新年的年画，是由喜庆的娃娃和一连串中国古装戏曲故事组成的新年大合唱。真的，那时从来不知这世上还有一种画，叫作油画。

油画自清康熙年间，由西方传入中国，至今，于我一直是陌生事物。由于接触甚少，对于画内画外的东西，一直处于同一种状态的笼罩之下：认知轻浅，不敢妄言。

可当欣赏怀斯的一幅油画——《克里斯蒂娜的世界》时，有画面撞击到心上的感觉，继而从精神内部撼动了我。那是一种完全外来的、不由自主的、极其强大的情感入侵和占据。真正感受到了绘画艺术激起的心理涟漪，不亚于给平凡的心脏注入一支强心剂，周身的血流即时沸反盈天，浩浩奔涌。

不得不惊叹，这样的一幅画所带给心灵的冲击，如此激扬浩荡。这是一幅写实的油画作品：五分之四是空旷、缓缓走高的田野；田野的最高处一座坚硬的木屋，寂然独立；桃粉色的身患小儿麻痹症而致残的少女克里斯蒂娜·奥尔森，正用上肢撑起上半身，拖着身子，在广袤的田野中爬行的背影，倔强而孤独；她的双手和脚上，泥染的黑灰色清晰可见；她无比消瘦；她的头发有些凌乱。画家的伟大之处是，他没有让我们看到她为移动身体过度用力，或倔强，或变形了的脸孔。可是，读过此画，又有谁看不到她的脸和她的表情呢？

"她像一只蟹一样。"怀斯生前曾这样描写她。对于怀斯来说，如此现实的她是一个多么高贵而有尊严的模特：不使用轮椅，不愿被人抚养。

画面中，当她的身形始终抬望着高处那座孤寂的木屋时，当那种柔弱温暖的粉红与周边枯黄的田野形成极强的色彩对比时，当车子飞速驶过留下车轮轧过的痕迹，与蜗牛一样挪挪停停前移的不屈生命形成的速度差并隐于画中时，在旷远的天幕下，画家是那样巧妙、智慧，倾注了全部心力为慵懒、得意扬扬的世人竖起了一道满含希望、绝不屈服的精神之墙。对于苦难，对于生命，对于希望，自生新解。

画的魂，赫然心上。至于画面上凝固的心，是画家还是姑娘？对于你我来说，还重要吗？

一幅名画，让你看到这世间生命的一种燃烧：倔强、纯美。

无色有声
——读毕飞宇长篇小说《推拿》

打开这本书就再没合上。腰疼了，没合。眼肿了，没合。

也和这里面所有的主人公一样，在文字里一直触摸着，触摸着这个世界的温度，触摸着这个世界易节时的喧闹与寂静、欢喜与无奈。读着、看着、想着，被另一个无色彩的世界里的色彩深深地碰疼了神经。这种疼无法抵制地传遍全身，从体表到筋骨都感受真切，是那种眼睛看不到伤痕的疼痛。

一气读下去，人在情节起伏中，在人物命运的坎坷中，变化着读书的姿势，直到最后一页。

书中一些话、一些铅印在书里面的文字，到底是多少分贝的声音呢？若说不大，为何震得人心疼起来？

他们对生活的选择是有限度的，这里聚集的却是他们这个群体中最明智、最勤奋、最有韧性的选择者。

终是没有站在这样一个位置，细细地端详品味过这样的人生。

看不到阳光，已然是一道需要用心去穿越的屏障。为了自尊，这道屏障外又自设了一道轻易会被碰疼的情感保鲜膜。这膜是透明的，却永远无法穿透。

为了活着，他们努力着。他们之间除了用肢体语言交流之外，他们的心也在互相碰撞。和自己的命运撞击，和这个世界撞击。和泪、血一同流走的，还有与常人不一样的希望的破灭和永不复来的青春年华。

王大夫是可敬的，除了努力自强和一段还算平稳的情感经历，本不该看到他上演血淋淋的一幕的。想参加弟弟的婚礼，却没有想到弟弟不愿让一个盲人出现在婚礼现场。他恨弟弟，为了证明自己不比正常人差，他给弟弟寄回了两万元贺礼。那时，他的心是完整的吗？当未婚妻的行为让他心乱的时候，当知道许多事都源于误会，在误会消除后，他是完整的。当弟弟面对赌债不冷不热地表现出与自己无关的神态时，他弄伤了自己，无数次划开了皮肉，直到要债人离开。

债不用还了。

他保住了本要替弟弟还赌债的两万五千元钱时，他再也不认为自己是完整的了。

是他伤了自己，还是其他什么？

在他的弟弟抱怨父母"为什么我不是个盲人，那样我也就能自食其力了"的声音在身后回响时，他的感觉一定比划开皮肉还疼吧！

还有多少麻木的灵魂，血都无法染红？

小孔是王大夫的未婚妻，是被父母捧在掌心的明珠。父母的要求只有一条，找爱人不能找全盲，你今后要"过"日子，不能"摸"日子。

小孔的父母如愿了吗？小孔从不认为全盲的人有什么不好。"多亏自己是个盲人，要是看见世上这么多的丑陋，我该如何活下去啊？"

小孔全盲了吗？这世上又有多少人，睁着眼睛看不见呢？

最怕读都红，想都红。一旦提起都红，就想这世上的许多人为什么那么倔强。都红，生来是艺术的，却因看到艺术在常人和自己之间的不平等的缝隙里，抛弃了她因音乐先天禀赋过人而努力后的成就，远离了艺术。这是宁愿去苦苦找寻自己的真身吗？如果是，为什么都红的手指受伤无法继续做推拿工作时，又禁不起和自己一样双目失明者的同情和帮助？

一次又一次离开，到底有没有理想之地可以让都红安身呢？

张宗琪是能放得开的，他不想让一个犯了错的厨师离开，他在恋爱中也明显告诉了读者，他和女友吃饭总是后夹菜的性格特点。他总是猜想着自己的碗，怕自己的饭菜有毒，这一切都是儿时受到继母虐待、恐吓的结果。现在他身价不凡了，却还是清清楚楚地将碗中的事如儿时的噩梦一样看待。

沙复明是张宗琪的合作者，是这家推拿中心的老板，一直工作着，也因为工作对胃的慢性破坏，沙复明没有一天不胃疼。胃疼可以用药缓解，当一个剧组来过又走了，却肯定地留下了都红是"美"的这一结论时，沙复明沉浸在了对美的向往和追求中，都红自己也想知道自己究竟如何美，自己被人说的美是真是假？美到底是什么？围绕美的问题，在作者巧意安排的单相思的环境里，也客观无情地定性了这个群体对正常生活的遥不可及。

帅小伙小马因为爱上小孔，被张一光识破，小马的单相思没有结果时，用了自以为最上乘的"釜底抽薪"，小马走了。张一光明白了自己所触摸到的世界，他的感知、他的做法，真的不全对。后悔声里，一切都晚了。

金嫣是一个美好的姑娘，她总向往着一生中要经历一场盛大的婚礼，却因双方全盲而被心爱的人的父母告知，将所有该花的钱全给他们，婚礼就不必办了。他们的父母不想在村子里为两个盲人举办一场婚礼。于是婚事一拖再拖，小说结束时，婚礼还在拖着。

因为眼睛看不到，他们的内心更坚强，或者说为了比常人更努力、更有尊严地活着，他们更有韧性地坚持着自己。这些执着，需要多少眼泪的浇灌才能得以存在啊！若是常人，可能早就放弃了。可是，在常人眼里，他们不是常人，所以他们的坚持，也就成了不一般的坚持了。

　　于是，这种坚持，在某种意义上就被所谓的正常人赋予了他们除了视力之外的另一种残缺。

　　只是不知这残缺是真是假，又来自何处。这是关于美的问题。

横看成岭侧成峰

　　打开《翅膀的痕迹》，没承想映入眼帘的，竟是位"江南美女"，在静静地看着每一位打开书的友人，神态安详、专注。说不出什么感觉，她似乎在认真地猜着，又像是认真地看着来客，生怕失了礼数。

　　迫不及待，摁住她的文章细读了起来。一个清爽的女子，一个地道的北方女子，一个一直坚持不停走路的女子。

　　书的扉页上，几个遒劲的大字力透纸背。一个看起来温和娴雅的女子，想不到笔下竟是这等的刚劲洒脱。是南方的柔美、北方的刚烈糅合在一起，浑然天成的吗？！

　　亲爱的北方，她也是生在北方。是北方呼啸而过的寒风让她懂得了什么是温暖，还是黑土地上的红高粱让她坚定了人生的方向？是《松花江畔》宏富的胸膛滋养了她丰富的心灵，还是那《一铺土坑》让她的心，始终热气腾腾？

　　她是一位书女，夜枕诗书梦亦香，十几年的书香味使她不着粉黛依然香飘千里，真的《无须刻意》，素面的书女，素面的人生。还记得那尊雕像上那个小小的"唐"字吗？她的善良跨越了国界，在异国他乡也有一个善良的名字闪光。

每个人都不要再抱怨《天凉好个秋》，眼前是《一个美丽的世界》，只要我们每个人明白，《人，在灵魂面前平等》，那么每个人都会有好心情，都会知道《咖啡滋味》，会读懂这个世界，都会《不停蜕变》，直到《寂然地老去》。

作为女子的她，赞美着七色的女子。初春的，花季的，纯熟的。在《淡墨书香》里，她甩开了浅薄，送走了虚荣，面对着眼前的这个世界，她用心爱着所有的一切。她的爱，深深地融化在《感恩的心》里。

《把那些温暖还我》中让我心动的是，字里行间对亲情、友情的无比珍爱。《一盒盒饭》真正道出了她生命里的爱。等几个朋友轮流看完后，我读得泪水滂沱。许是因为看到一个妹妹尚且"知事儿"，而自己又恰恰是个不称职的姐姐，天赐的姐妹情缘在一盒盒饭里，由生变熟。由互不相让的玩耍到点滴珍爱的惺惺相惜，轻轻串起一世的手足深情。感动之余也在属于自己的故事里哽咽着，不知所措。

步履匆匆，人生岂敢怠慢。这个不停行走的女子，从中师毕业一直到取得法学博士学位，她在精心地、努力地生活着。

读完那本书，心生诸多感慨。不想再赘述时，却想起超亿票房的那部影片，那般招摇，却是那般的空旷。而一本名副其实的心著，却是字字回荡着一个女子永不懈怠的努力，精致地书写着她人生的平实。二者相比，人们一定更愿意用心读一读角落里的真实，而不是狂想的所谓力作。

想回头再看她一眼时，认定了这是个善良、纯净、美好的女子。不由得想起了作家洛夫的诗歌：

众荷喧哗／而你／是挨我最近最静，最最温婉的一朵／要看，就看荷去吧／我就喜欢看你／……我走了，走了一半／又停住／等你／等你轻声唤我……

眸过留痕

——读唐继东散文集《书女清语》

在写下这些文字时，犹如敲打键盘的声音，已然点触到这个女子无以言表的些许美质，竟生出一丝淡淡的痛，生出多多少少的歉疚。

认识这个女子，因微博中一次回眸。爱这个女子，因为，这是一个真正懂爱的女子。

这位名叫唐继东的女子，是法学博士，名字是她长到六岁时因故自己取的。现居长春。

从心灵的上空轻轻飞过的《翅膀的痕迹》，到携着唐姐真挚的友情，从落雪的北方飘然而至的《书女清语》，骤然驱遣了那个下午杂务缠身的劳累。表面轻松淡雅、实则纯美坚实的雨露般透明的文字，似乎是在一个清幽的茶间，在高山流水的乐曲中，在与读者进行着一次彻头彻尾的心灵对白。她给读者的，是一次从头到脚的灵魂沐浴和味道鲜美的精神大餐。

读过她和她的书的人，大都会有这样一种享受——如雨后的温润清爽，你会感觉得到；雪后的洁白如一，你会感觉得到；一场疾风过后，地面上所有轻浮的存在都被扫净的感觉，你会感觉得到；春阳中明媚且透着鲜的空灵和美妙，更会让你留恋那座翠青的家园。

有女如斯，女有才情如斯，不多，真的。

是生活，是成长中的苦难成就了她，还是情感的精灵更多地注入她的灵魂深处，多次思来想去，终难判定，抑或兼而有之。

眼前的她，已是一个和文字精灵对弈多年而时时胜出的女子；是一个执着地躬耕过事业，收获颇丰的质感十足的秀雅女子；更是一个内心美善常存，真正懂得爱和被爱的女子。

曾用心整理过唐姐写下的内心世界。浊世红尘的魔力，腌渍过原本能够自省的心。不流于俗、清雅温丽、如亭亭的池中莲一般的唐姐，在经历蜕变之后，更加鲜活了。十几岁的她，在学校为人师表，能面对傲慢的"权贵"为了尊严而语。那几句话，至今在心里悬挂般地显现着……

"请问，您今天来是作为乡长来指导工作的？还是作为学生家长来谈事情的？……"

听此言，坐在椅子上再也稳不下来的当地领导，才在唯唯诺诺的校长面前，极不情愿地站起身。紧跟着，当事的领导又听到如下几句：

"如果您执意要将您的孩子调到我带的班，那么我也只能和您说，我对他会和其他的孩子一样……"

这是唐姐为师时的一段小插曲儿。

有尊严的老师，才会培养出有尊严的学生，才会培养出有尊严的人。我们的教育，才是真正走在了教育的路上。

所以，不管人生长短，做人首先要有尊严，要有尊严地活。这一点，唐姐是榜样。

二十几岁的她，头顶着家庭中无法推卸的重任，辗转在陌生而又无法轻松容身的城市。这个弱小的女子，一边顶着父亲无法治愈的病痛所带来的精神上的顽疾，一边在不断地充实自己。其中，她遇到过形形色色的人，遇到过假意借钱给自己身患绝症的父亲治病的上层领导；遇到过本单位不太宽裕的同事为她提供的没有房租的真情房间；遇到过让她的心在瑟瑟秋冬得到温暖的终生难忘的真情。

在与彻骨的寒冷对决时，她以冰，而不是以水的形式出现。

她呵护自己的尊严，胜过呵护自己的生命。有尊严地活着，是这个冰肌玉骨的女子得以在这个世界更加柔韧存在的机缘吧！

她是个从骨子里懂爱的女子。从小懂得珍惜、呵护自己的哥哥。曾读到她买来好吃的饭菜一路奔走，送到哥哥的学校。最后，哥哥竟以不惜倒掉一次她远道送来的饭菜来心疼自己的妹妹。这种爱的方式和结果，让我不止一次地唏嘘。与之相比，我竟显愚钝至极，这老大了仍不知疼人爱人，不知感恩，不知人间冷暖。当她与自己的父亲生缘散尽的时候，这个女子也曾完全地麻醉过自己。醒来，这份爱化作了与爱神的无私拥抱和对话，这个世界多了一个懂得更好地爱人的美好心灵。她再也没有放过任何一个机会或时间认真地爱别人，认真地回馈别人的爱，即便是在偌大的网络世界中，我们仍能真切地感受到。

在她母亲的朋友备受生活的煎熬时，她不是如自己曾在文中提到过的，让他人更有哲理、更深刻地去思考这些社会问题，而是用自己一颗善良的心拯救这个世界上普通、日渐消瘦了的爱人之心。

真实、善良，一直在文学道路上行走不止的唐姐，是我在爱的王国里邂逅的让心留恋的灵魂。也许同是女人，更有感知。温婉、韧性十足、心性纯澈透明、立姿柔婷不乏刚劲的唐姐，成为读者铸就心灵之路的前行者。

而今，这个如莲的女子，依旧一身素洁，一路俯拾坚实的理想和追求，一路兑现着人生的信诺。

几读唐姐，几次梦想会在一个美妙的地方相遇唐姐。惦念在心灵的深处存在，化作遥远的牵挂。对那个遥远的城市长春有了深深的爱，绵延了一份友爱的音符。

下雪了，大不大？唐姐需开车上班，路滑得厉害吗？会不会因雪太大，让唐姐在家小憩，待在不用想太多的小巢，沏一杯香茗，翻开或婉约或豪放的唐宋诗词，得以偷得半日闲暇，得以消遣那一池青莲的情结。

眸过留痕，看到过唐姐的人，谁还会放弃自己爱的权利而不去爱。再回眸，是期待，是祝愿，是更深浓的爱。

胎记

饮食文化是地域文化的大支流，在某一时刻，味觉的冲击波会让整个人的身心沉浸在一种前所未有的情感中。

无论是久居的当地人，还是小住的游客，在放飞心灵的一刻，倘再遇美味无意间眷顾舌尖，那些走过的路，那些赏过的景，都会愈加层次清晰，格外鲜明起来。美食的濡养，也是精神的营养，会叫人刹那间生出如归之感。

一本《阜平味道》在手，一种无名的情愫在心间升腾、盘踞。阜平县文化广电和旅游局的一位兄台，利用两三年时间，几乎踏遍了阜平大大小小的自然生态景观。阜平的美景，是久居深山的幽雅和恬静，是无匠气的独特和挺拔。在保定市旅游产业发展大会召开之际，有着先见之明的他，自会想到旅游与美食的亲密关系。

只是一声呼唤，阜平二十几位文学爱好者，便开始了把祖祖辈辈从生活中淘沥出来的饮食文化寻觅、拼接成一条携带着生命基因与生活密码的河流。

艰难的岁月里，从充满乡土气息的疙瘩、黄子、煎饼、钢丝面、莜面鱼钻沙、阜平烧饼，到杂面、豆腐、柴鸡蛋；从日常生活中的凉粉、炖甜肉，到改良版的美食翠意饺子、大盆肘子、老汤鸡、锅贴饼；从老百姓最看重的节日里打捞出的油渣饼、腊八粥、年糕，到正宗席面上不可或缺的八大碗。一本图文并茂的阜平美食集在手，你真的能体会到所有的文学爱好者的用心体会和用情之深，以及将生活的变迁和感悟融入文章中的认真和赤诚。一次次寻访，一次次实地观摩，这些土生土长的作者真可谓用心良苦，"无所不用其极"。因为，那是滋养了我们的最平常的饭菜！

作为一名医务工作者，从解剖学上来讲，我深知穿肠之感和口舌之不欲的关系。同时，我也总在想，医学界一定对植物神经、味蕾记忆研究得还不够深入。否则，为什么几十年脑子记不住的东西，仅仅一口稀烂的瓜饭就能让一位远离家乡的游子热泪横流。为什么离家五十余年的一位姐姐，总对一炉烧饼念念不忘。为什么不管你走多远，一旦尝到家乡的味道，身心就有一种回家的感觉。

历时几个月，《阜平味道》诞生了。这里面，虽然没有将阜平所有的美食尽数纳入，然而，这一本黄灿灿的书，是阜平人一路精神行走的一份见证，是对家乡所有的情和意的归纳和概括。

《阜平味道》，是阜平美景的一部分，是独一无二的味道。

生活与活着
——读刘震云《一句顶一万句》

　　读刘震云的长篇小说《一句顶一万句》时，舍不得放下，读来读去，一直在不停咀嚼着什么。其中，生活的滋味乃至活着的滋味，便充斥并蔓延到整个人生的磁场中了。

　　本书会让读者明显感到，在主人公杨百顺和牛爱国出延津和入延津的过程中，读者的情感陷在一个总要找人"说说话"的氛围中。为了找一个能说得上话的人，杨百顺总在不停地奔走，不停地变换着赖以活着的"工作"。他在不停地寻找着"能说得上话"的人的过程中，除了内心深处难以描摹的孤独之外，一种不懈追求的坚强也被一个又一个普通得不能再普通的人物演绎得活灵活现，既生动，又感人。全书没有高官厚禄的人物，没有富甲一方的人物，没有神通广大的人物；有的皆是弹棉花的、赶大车的、卖豆腐的、蒸馒头的、打铁的、剃头的、杀猪的、喊丧的等，他们是普通的一群人。

　　生活的薄纱之下，一些看似普通的现象经作者轻轻勾勒，一些实质性的东西便光怪陆离地呈现出来。开篇时，生活不能自理的老杨以为是自己对儿子说了实话才吃上了烙饼，而给儿子送上十分虔诚的"讨好"的笑容。而儿子的家里，原本就是打算好了要吃烙饼的，这和说不说实话有什么关系呢？当作者给了读者一个能行走到人心灵深处的密码时，你还有什么理由不随着作者的笔墨一路行走？因缺耳垂被说成、传成缺耳朵的秦曼卿，因为恨老杨而多给买家三两豆腐的杨百业，就在现实的泥浆中和杨百业借来的那一身新郎衣服一样，合成了一个极不合身的婚姻。当改了姓要入赘的"吴摩西"因为没了自己的原姓，内心极为不快时，却因另有人言及或认定他敢作敢为，有了众多想不到的"尊贵客人"频频登门庆贺的场景。

作者将一种"失了自我"和"增了脸面和热闹"进行相互映衬和对比，并非常巧妙地呈现在了读者眼前，以供读者慢慢品味。因为馒头被抢夺受了气，吴香香没好气地骂着丈夫吴摩西，要其去找人家算账，骂他软弱。难道只是为了顶立门户不再受人的气吗？一个被妻子逼着拿刀走出门的人，在庆幸所要杀的"仇家"不在家，杀了"仇家"的狗，提了人家的东西，浑身血淋淋一脸英雄气地穿过街巷赶到家，妻子竟高兴地喊他"我的亲人"时，令杨百顺感到这叫声是真的"不亲"。一种酸楚与无奈，在亲与不亲之间，令读者在文章与现实中愁肠百转，心潮起伏。

文中的巧玲，亲娘不喜不要，却得后爹吴摩西的喜爱，和他最合得来，而吴摩西竟也因和一个孩子能用心说说话，而觉得日子过得有牵有挂，过得高兴。当孩子被拐走之后，那种寻找孩子时内心世界的苦累，更是让人觉得他在寻找的不仅仅是一个孩子，更是一种不可或缺的存在。书中，不管是杨百顺、杨百利为了活着做工，还是为了"喷空"换工作，以及牛爱国遇到情感上的是是非非等，都是作者在有意构建一种现实、一种孤独场，构建一种不会停止运行的精神场。看似笔调柔细婉转，实则气势磅礴地交相呼应了表象与实质的区别。"一句顶一万句"也在众溪归海的写作手法的烘托下，在情感洪流的挟持下，实至名归。

　　活着的薄纱之下，即便是最卑微的人群，也要有说得上话的人，坐在一起说说话才是一天，才能驱赶生活中的孤独和劳累。吴香香跟银匠铺的老高跑了，在改名叫作吴摩西的杨百顺看来，一个和自己没了感情的人不是迫切要寻的。到后来寻吴香香，也不是他的本意，是因有人说，只有砸了老高的银匠铺，找回吴香香，才能出口气，才能让人觉得自己不是个窝囊废。仿佛世上的事情本就该这样，有来就有回，是不知什么时候画好的轨道吗？在找吴香香的过程中，丢了相依为命的巧玲。等找到了吴香香，看到她正和老高高兴地共享一食物时，他打消了念头，根本就没有露面。牛爱国、庞丽娜的爱情纠葛会让读者在生活中找到一大把的生活原型。而牛爱国作为男人，面对变了心的妻子心理细致丰富，足见作者的功力深厚。

　　遇了生活中的难题，牛爱国走几百里甚至上千里，只是为找人讨教一个问题，寻找一个主意，而这主意又是那么不确定好或是不好，与现实相符或是不符，仅是因为曾经的信任，因了灵魂深处那份久久的平静与踏实，就不在乎跋山涉水了。

　　牛爱国和章楚红，是一对偷偷摸摸过日子的人。在这个故事的结尾，在章楚红愤愤不平的叫骂声里，将现实重新进行了勾勒，进行了直白的还原。曹青娥一度翻山越岭，也只为了看看曾经相恋却不值得爱的人，现在在做什么，心里还有她吗？更让事情还原了本来面目。这种寻找，与人和人之间的实际距离无关，与物欲无关，与时间无关，远远地看，更似一种源于人的灵魂深处的存在。

　　读到心里了，想得多了。曹青娥（被丢掉的巧玲）临死说不出话时，还在用力敲床，为的竟是让孩子们看看那封信，那封提起他的养父吴摩西的后人的信，那封提到她的信。这对并无血缘关系的"父女"，虽说失散多年，却时时刻刻在思念对方。一定是在思念苦难的日子里，曾经对孤独的补充和对孤独独特的诠释。一个是五岁时被母亲扔给后爹的小女孩儿，一个是被妻子抛弃连妻子的孩子也要养的吴摩西，从针及眼，丝丝络络，虽说书的后半部分没有多用笔墨提到巧玲和吴摩西，但在命运坎坷的曹青娥临死时，不但全书串成了一部由孤独构成的整体，而且将人类执着的生命中的孤独，展现得淋漓尽致。

　　读完，似看到：无垠的苍穹下，如流的人群不停行走，永不停歇。无论苦难还是欢笑，无论现实还是希望，交织绘就的是一幅无比宏大有力的精神画面，一半是为了活着，要活着；一半是为了生活，要"有话说"的生活。一如在编者荐言中读到的：一句顶一万句的身影，很像祖辈弯曲的脊背和那一大片脊背组成的苍穹。

仰望契诃夫

一、医学系毕业的学生

当中国的圆明园里上演撕扯历史的那一幕时，在俄国一个叫波利采伊斯基的大街上，一个叫契诃夫的小男孩儿才几个月大。总是认为，如果当时他已长大成人的话，一定会为中国真实地记录点什么，很显然这是一个荒诞的想法。不仅如此，当时在他诞生的地方，农奴制还有个漂亮的尾巴在摇晃着。

契诃夫出生在一个三等商人的家里，也就是靠一个很小的杂货铺维持最低生活的商人家里。他的两个哥哥还有他，均把童年时光交付给了这个小杂货铺。他笔下的小杂货铺的生活，"像一个囚徒在监狱里一样，苦闷地度过学校放假的美好时光"。这类描述是每一个读到他作品的读者都能真切感受到的。

契诃夫十九岁中学毕业，五年后就读的是当时的莫斯科大学，当专制制度到达"顶峰"的时期，他在节约精力的前提下顺从了父母的意见，

230

考取了医学系，做了临床医生。以至于后来他常常说："医学是他的发妻，而文学则是他的情妇。"而他对"婚姻"的忠贞，是出于他本身的品格端方，还是"习于相近，就会相爱"的结果呢？

他的两个哥哥对他的"试笔和艺术观点的轻蔑"，并没有使他的艺术敏感性降低多少。所以，屠尔科夫在著作中曾认真地说："他是秘密成长的心灵。"

从医生到成为一名有信念的作家，他一生虽短，从《花絮》到《书信集》，再到他的小说集中的《变色龙》《装在套子里的人》《胖子和瘦子》等，这一朵"没有来得及盛开的鲜花"是伟大的，他犀利的笔锋，他对现实的批判，他平常生活中寓于文学作品中的"意"，永远在人们心里长生。

二、遥远的声音

在我冒昧地将伟大作家的思想，用浅陋的笔墨，再一次展现在读者眼前时，我用了最虔诚的心、十二分的精心，害怕不小心会过多地碰碎其闪光的思想鳞片。尽管如此，在碰触时，还是使其留下些许"难看"的划痕。

不苟同于永远利用文字，在对文学责任的理解方面，这位伟大的文学家不但有着独到的目光和境界，而且一直自喻为"旁观主义者"。

尽管契诃夫的两个哥哥对于他在文学方面的"试笔和艺术观点"，当面表示过轻蔑，还有他的父母让他选择实惠的医学系，但是由于他"秘密成长的心灵"，着重地突显出他的纯洁和深沉，其对文学独到的见解和特有的写作手法，成就了俄国最有名气的批判现实主义作家。

如果说安东沙·契洪特这个名字与《花絮》的结缘表示了他的文学创作的开始，他也曾为了"母亲的命名日"去为《花絮》锦上添花，那么在一次委婉的说明后，不再使用这个名字则代表着一个崭新的契诃夫的诞生。他在十几年的写作历程中，贡献出许多优秀作品，世界人民给予了他极高的荣誉。

许多作品在那个时期不得出版，但在他和朋友来往的一些信件中，足以证明当时新闻界的"丑闻"，"制服"写成"上衣"等举不胜举。当时俄国对出版物的禁锢程度达到了极点，远远超出了人们的想象。

在他与《花絮》"完全地断绝"来往时，是他文学作品生命力最强的时期，也是作者真正意义上担当起文学责任的时期。这个时期的作品《胖子和瘦子》，以两个昔日里要好的同学初见时的美丽为契机，在几经周转找到了文学作品的灵魂时，创作出让人忍俊不禁、回味无穷，堪当当代处世哲学的作品。作品从心灵的最低处着手，在顶尖处收笔。文笔之辛辣，文魂之坚美，令无数读者叹为观止。这种在嬉笑怒骂中嵌着的深刻寓意，又岂是我辈所能为。而读者又怎能不深深地记起"那个下巴本来就长，此时显得更长了的女人"？

"文学家不是糖果贩子，不是化妆专家，不是替人消愁解闷的人；他是一个负有责任、受自己的责任感和良心约束的人……"这是伟大作家在他的小说《玛丽娅·伊万诺夫娜》于1884年遭遇《花絮》编辑退稿后，给朋友的一封信中所说的话。用他本人的话说："这篇小说渺小、平凡、乏味，不能引起您大笑、愤怒或欢悦，但它毕竟是存在着的，在做着它自己的工作……如果我们稍息片刻，丢下我们的战场，那么挂着小铃铛、戴着丑角帽的小丑们就会立刻来代替我们……描写他们花言巧语的恋爱故事。"

他曾以不赞许的口吻谈到他哥哥的作品所特有的"催泪作用"，谈到当时"由于高兴和痛苦而气喘"是对当时文学界的"流行病"的绝妙诊断！我们不难理解契诃夫本人，及其在文学作品中无时不在进行着"幽默的战斗"，而他也时时刻刻关注着战斗双方的攻击力。所以，除了在刻苦学习医学之余，他拿起笔开始文学创作，并没有一刻懈怠过。他或许认为，这是他在临床工作中遇到的最难对付的顽症吧。

为此，他或许在心里扎实地树立了他自己的信念，是注定要和这些"流行病"战斗一生的。因为他是一个医生，而不是用"时势"造出来的契诃夫，去简单化地叙述这一问题。

因为遥远，我们听到他的声音，需要接纳声音传播时的衰减。但是这并不影响他声音的高亢和强劲，在让人捧腹大笑的故事中，你不难理解并直观地感受到，由于愤怒而滴血的声音，这是一种无法混同于其他声音的特殊声音。而他批判现实的笔，正是这种声音的扩音器，在文坛、在人间、在正直的空气里，久久回荡。

多少年来，我们在聆听来自遥远的、震荡心灵的声音时，不难分辨出，我们心目中伟大的作家契诃夫的声音也在这声音里，而且占的比重很大。

这也许是我们所敬仰的伟大灵魂，能成为一位真正作家的意义所在。

三、对医者"冷漠"的叙述

这位伟大的作家对于医者的"冷漠"自有见解。这位伟大的作家基于终身从医，广受世人敬仰，故能客观、公正地解述这个问题。

当代医患之间存在着"微妙"的关系，而这种关系的现状不是单方面、在短时间内形成的，而是在经历了漫长的时间、无数次医患关系的尴尬后，逐步发展成目前的状态。

医患关系在某种程度上讲，和社会各阶层之间的精神文明程度、信任度成正比。在整个社会的道德水准、信任度下滑的前提下，医患之间也未免激长出过多矛盾的触角。

当今，一个家庭中父子之间的信任度缓降也是事实，兄弟之间的信任度也效仿着，在相关利益的争夺中睁大着警惕的眼睛。更何况，要一个身体有病痛的人及其家属去相信一个陌生的医者，而且这个医者与患者之间是某种"相当的重托"，在当前还有着某些相关联的利益关系。所以，这给医者做好本职工作增加了难度。

契诃夫毕业于莫斯科大学医学系，一度被称为"无忧无愁"的医生。他曾在《妇科医生》中，间接为自己的同事们"辩护"。他说："与之打交道的是一种非常平淡无味的生活，这种生活您甚至做梦也没有看到过……谁在海上航行，谁就喜爱陆地；谁埋头于平淡无味的生活之中，谁就特别思念诗意的境界。几乎所有的妇科医生都是理想主义者。"

这种惯常是一种有着不同于简单、公式化的存在。医院，是一个无休止聚积痛苦和死亡的地方。医务工作，对医者而言不能不说是极单调、磨心的工作，用紧张、枯燥、平淡无味来形容，一点儿也不过分。

医者的存在是为了病人，病人的要求则只有一个——健康。透过医学的发展和疾病的变异之间的鸿沟，你不自觉地会体会到些什么，身边无处不在的、医学攻克不了的顽症，以及失去治疗机会而不得不面对生命终止的一刻，所以契诃夫说："有时候，哪怕你想把自己的生命都献给病人，你也是毫无办法的，也曾沮丧地为自己和自己的学问感到羞愧，像个傻瓜似的，两手下垂，坐在一边，没有一点儿办法地观看着，但在外表上还不得不保持镇静……"

"任何一个与医生有过接触的人，都能发现在许多医生身上都有某种职业性的'冷漠'，这些特点不仅起着独特的保护作用，而且能够使医生保持清醒的头脑和明确的观点。"

这是伟大的作家对于医者冷漠最直接、最简单的描述。

有几位医生，可以在患者面前时常高高兴兴地一展笑靥？不管是正遇开心事，还是功成名就、金榜题名，哪个医者能在患者面前"笑"对人生？职业的特殊性让他们蒙上了面纱，他们是特殊的被冠以"天使"

名称的医务工作者。他们在工作时只有警觉的神态，没有开心地笑的权利和自由。

适度的"冷漠"能让医者保持清醒，有几个时常激情飞扬、动辄伤心难耐的医生能保持冷静？继而还能快速、精细、无误地过滤心中多年所学，在病因、病史、病理生理、临床表现、诊断、鉴别诊断中，得出一个准确无误的结论，再去指导患者进行一系列的辅助检查，做出最合理的治疗方案。最后，再一次用尽心力，将生命轻轻地扶上一辆平安行驶的列车。

这一复杂的过程，本是在一个普通的头脑中完成的事情，而这个事情的完成又是那么容易受到情、人、物等因素的干扰。所以契诃夫说："作为医生，对病人的表面形式可以是多种多样的，但为了不被人们的不幸压倒或者压死，医生应该培植出一种能与这种不幸相抗衡的精神品质。"

至此，非借名人为医者代言、开脱，而是敬仰作家对医患关系敏锐的洞察力。同时也为了医患之间能互相谅解，相互维护着医学事业的有序发展，为了保护生命，为了维护人作为生命体所拥有的特殊的、最基本的权利。

如果读者能对医者有限度的"冷漠"，有另外一层理解，便知足了。

四、在冬天伸展的灵魂

不管诞生得多么艰难，契诃夫的笔终是能笑着掀起给这个世界带来混乱和迷茫的始作俑者的衣襟的。朦胧中仰望那颗伟大的灵魂时，我们似乎能隐隐看到一个在当时沉闷的雾霭笼罩下，踽踽独行的身影。

说这个话题，恐怕如前所说，要大量碰触掉伟大的作家闪光的思想鳞片了。在脑中，时常有一个在文学森林里抬头望天的背影。总是静伫在阳光不充足的林荫下，时而叹息，时而凝眸沉思，时而自我嘲笑着摊开纸张，奋笔书写着。

契诃夫的中学时代是伴着贫困度过的，也是出版物被压制得最严酷的时期，他们对一本书的憎恨程度，达到"要将其粉碎成碎片，一直到完全不能用"的程度。事实上也真是这样，到了不能用他们才放心。

他曾常常对自己的思想进行深刻反思，又时常对自己做过的事、写过的文章感到痛苦和悲伤。这些在他的书信中表现得很明显。在整理他的旧作时他说："我怀着厌恶的心情，重温过去的生活。"无疑这些让他厌恶的东西便是在列伊金主编的《花絮》上发表过的时而为了"戈比"而做的一些"东西"，是列伊金让其狠揍那些"演员、商人、蛮汉……把这些恶作剧写得越蠢越好"，因为"列伊金不过是在嘲弄一个厨娘，就好像商店里的伙计嘲笑过路人一样。不必担心他们会反击，也不必担心他们会训斥"。如此看来，这些列伊金画圈式的约稿，以及在这个特殊的、艰难的历史时期，安东沙·契洪特不得不"安分守己"。"安东沙·契洪特常竭力去逗笑读者，不惜代价，漫无节制。也常失去我们所看到的他成熟时期的惊奇和分寸感"。可见，处在这个时期的他受尽了"折磨"。

列伊金去世后，和他一起在《花絮》上发表文章、后做了花絮主编的比利宾，也曾在多年后写信给契诃夫说："我并未成为一个真正的作家，尽管您在这方面做出的诊断是相当好的……"比利宾和契诃夫两人常同时在《花絮》发表文章，而比利宾的做法无疑会给正在成长阶段的契诃夫带来影响。

不止这些，沙皇尼古拉的统治把报刊压制到绝不允许有任何的"放肆不端"。这从报刊的名字上便可看出，如《蜻蜓》《蟋蟀》《闹钟》《北方蜜蜂》，这些便是当时杂志社的名字，它们被称为"佯作快乐的时候所发出的戏谑腔调"。而最主要的是谢得林主编的《祖国纪事》，在当时已被摇晃得筋疲力尽，其容貌一定不及处在风烛残年的老叟。尽管如此，在契诃夫本人看来，花絮般的《花絮》却成了当时"最后的避风港"。当时，谢得林恰恰被认为是能扩大果戈理的"资本"的人。虽说在这期间《花絮》的编辑也曾努力想把契诃夫的才能纳入列伊金的轨道，却始终未能如愿。最令人不齿的是当时刊物的刊载范围已在无形中划定。编辑的头脑也毫不例外被涂上了看起来足以让人发笑的色彩。这些，便是伟大作家契诃夫常常露出痛苦表情的最基本原因。

"这些杂志的编辑和作者好像都是把腰弯下，好让猖獗的书报检查在头上一飞而过。"契诃夫曾在收集他自己的前期作品时果断地把这个时期写的大部分作品淘汰了。

从1886年契诃夫首次在《新时报》上发表作品，到给和他有私交的苏沃林（当时发行量最大的报纸《新时报》的负责人）委婉地说自己不是想溜走时，他给这位"挚友"写了封"彬彬有礼的辞别信来结束这一问题，这也是我们伟大作家的最可敬之处，他的举动大方而随和，但可以感到这个决定的坚定性和明确性"。当时，对于苏沃林的评价多种多样，笔者认为最有代表性的应该是"一个在巨大和富裕的贵族领地上工作的聪明走运的庄园的管理人。"

契诃夫同苏沃林密切来往，并不是对苏沃林的杂志一点不明白或者模棱两可。因为他也曾开玩笑地对朋友说："你会梦到《新时报》的工作人员。"而苏沃林本人又是"一个聪明走运的庄园管理人"。无疑，他很明白，这是他"犯的同苏沃林交往中的过失"。在重新认识并整理自己头脑，经过了他一生中诸多考验中最奇妙、复杂、艰难的考验后，才有了上述的那封信所表现出的、分量很重的历史意义。

从此以后，在人们面前站着或俯身奋笔写幽默小说、写剧本的，便是我们心目中的作家契诃夫先生了。

这年冬天，他真正告别了他的安东沙·契洪特阶段，他的灵魂真正地伸展开来了。

他一生孜孜不倦，一直对他的医学本职工作尽职尽责。在文学创作方面，经历着这样一个艰难、不同寻常的孕育过程，伴随着一路风霜结出来的艳而不俗的非凡果实，使得他"日益坚强和丰富起来"。

五、没有"理想"的作家

"理想"是个多彩的词语，是个让人浮想联翩的词语。

契诃夫是一个向来不喜欢"理想"这个词的人。他认为这个词里有一种"苹果糕似的东西"，他总是称自己是一个"旁观主义者"。很少有人说自己是没有理想的。相反地是即使没有理想，也要弄来名分充当有理想的人，倒不少见。

对于有没有理想这个问题，究竟他是一个怎样的"旁观者"呢？

在契诃夫中学还没有毕业时，他们家三等商人的名分就已经名存实亡了。为了躲债，他的父亲巴维尔·叶戈罗维奇在他十六岁的时候到了莫斯科。后来，他的母亲亦携几个幼子迁到了那里，而契诃夫本人则在异地过着非常艰苦的生活，中学毕业后，才又来到父母身边。

在他的印象里，似乎是莫斯科迁到了"波利采伊斯基大街"，这种说法足以说明十几岁的契诃夫对于当时在脑海中常过滤的概念，已是何等清晰了。

医学是他父母认为的最好的职业，而他的母亲又劝说契诃夫选择医学院从医是"最好的职业"，而他为什么一直说，自己忘了为什么当初选择医学系。果真忘了吗？他是不是也和说自己没有理想一样，是对这类话题所采取的避而不谈，而不是做无谓的争辩呢？

在《无用的胜利》中他写到，一个歌唱家能明白为什么人们喜欢听其父山羊一样的叫声，而不喜欢听她的演唱。还有，为什么人们会同意花两倍的价钱去看人们吵架，而不是看节目表演。而对于果戈理的幽默"资本"，他们没有让其发展下去，而是把它圈在了一个小胡同里。如上这些，不能不对成长中的作家的心灵有过拷问，有过震荡。是生活、是他的所见所闻让他成长起来，让他足下的脚步坚定起来，也见证了让他成为一个"秘密成长的心灵"的可信过程。

他一面从医，一面写作，一步一行，坚定地践行着自己的理想。如果没有理想，他便不会对自己以前写出来的东西怀有厌恶的心情，也会和比利宾一样虔诚地为《花絮》锦上添花，为它卖命，顺便还可以赚上大把大把的"戈比"，会和"有意思"的苏沃林做一生的密友，在心里永远不会产生隔阂。

不管是在贫困的中学时代，还是在当时文学界备受残酷压制的"契洪特时期"，他始终坚持笑着，幽默着，将自己理想中的精神境界、文字的用途和魄力，尽展在他的字里行间。在他举起内心作为一个文学家的伟大旗帜时，他是真正地忧国忧民的。

契诃夫一直说自己是没有理想的。可是，我们不但听到了他说的为什么而写作的话语，还真切看到了他在践行理想时的所做作为。他为了自己的理想竭尽全力，直到他生命的最后一刻。

没有理想，是契诃夫对"理想"一词神圣、简单、令人吃惊的概括和理解，他抗拒了没有童年的生活，抗拒了贫困，抗拒了金钱的招安，用他的一生，用他的文字，与现实做了最"痛苦的抗衡"。

就在这一呼一吸间，在他短暂的生命里程中，他一丝不苟地践行了自己的伟大理想。

永不孤独的英魂

凝视着钟鸣山下，眼前闪现出一把能将时间凝固，又能将时间延展到无限远的状如柳叶的刀，它使我迈入了一条充满着魔力般深远而幽长的思想隧道。

一个加拿大男人，在医学上卓有成就，有自己的诊所，有十二种以上的医疗器械发明。他曾把身心投放到一场与肺结核的战斗中并胜利了，他把自己交给医学事业，将一把柔韧的柳叶刀当成武器，在异国他乡用生命全部的激情挥舞着它，让一个个柔弱、鲜活的生命，能够再一次持续地燃烧。我们看到他顽强的生命在燃烧，还看到了他内心深处极致的孤独。他是怎样演绎出了一曲挽救生命之歌的？

这位名叫诺尔曼·白求恩的加拿大著名的胸外科医生，从战争开始，就在战争一线，深切体悟过生命个体在生存过程中应该扬弃的东西。所以，他毅然放弃了在蒙特利尔优越的物质生活，为了让生命之花真正地得以绽放，他带着医疗队，在炮火中日夜奋战，挽救了数不清的生命。然而有一次，他受到了误解，怀着惆怅的心情离开内战中的西班牙前线。

随后，时间的治疗师让他找到了生命的方向，他认定的这个地方就是当时灾难深重的中国。1938年1月8日，他带着自己组建的医疗小分队，带着足够多的医疗器械和药品，从温哥华，经香港……经过漫长而坎坷的两个月的辗转之后，最终，在一树树的柳叶依旧那么固执、单纯地把春天的温暖和热情奉送给大地的时节，到达了中国的延安。

不听取任何人的劝阻，他要到的是最需要他的地方。他奔赴到了战争的最前线——晋察冀抗日前线。在一块土地正在遭受无情涂炭，在极度艰苦和生命安全丝毫得不到保障的环境中，他将灵魂深处对生命广博的爱尽情地抛洒着。在一幅标着红色的白求恩大夫工作地点的地图前，顺着自己的思绪，我将脑海中仅存的炮火连天中白求恩大夫全神做手术的场景重播了无数次。在那里，他有无穷无尽的诊治和手术，有时他把自己的血输给重伤员，有时在自己的身体上做实验，等等。其中最让人铭记在心的，该是这一把不停挥舞的小小的柳叶刀吧。

也就是从那时起，这把小小的柳叶刀，便开始了它与人世间的流血和伤痛相互抚慰的现实命运。

回溯历史，我看到了他的神奇。他无数次百倍专注地用柳叶刀剖开了一个个伤员的皮肉和灵魂。他有着绝对的坚韧，更带着十足的如柳枝的柔软性情，弯着腰，弓着背，强压着心底虔敬的悲悯情怀，把这些由强权和贪欲从大地的心口制造出的一个个难掩的伤口，一一精心地修补，到愈合，到翠如柳枝。

疼痛是难掩的。这疼痛会在某一个时刻猛袭而至，裹绞着这柄柳叶刀坚挺的神经到窒息的地步。这疼痛也一定是漫天的。每一天，每一个时辰，这些源源不断的疼痛都会从一具具躯体的外部淋漓尽致地展现出来，无情撞击敲打着这把柳叶刀的古老的信仰，直至毫发毕现地让其裸露出灵魂中的不甘，将坚硬的骨骼铸成了一把无法摧毁的柳叶刀，转而再奋力地刺向这个世界的最暗处。疼痛亦是无休无止的，更会不择时、狂暴粗野地从外向内、向着柳叶刀的核心部位入侵、渗透，直到一柄钢质的柳叶刀，每一天都会疲累得流出殷红的血泪来。

这把柳叶刀也是普通的。在踏上中国土地的五百多天里，因语言不通，日复一日的疲累过度，营养不良，他常常在难以和人交流时，不由得思念着母语的流利，更会在精神和肉体的双重负重下，不断重温着咖啡、烤肉、苹果派等美妙的食物，重温着舞蹈、音乐、书籍带给他的精神的安慰，思念离他而去的、他一直深爱的恋人坎贝尔夫人。他开始想家。他控制不住一遍遍地把他写的小诗读给人听。

"我的小马／是手心的一只小鸟／它振翅轻拍／不想被捉住。

我的小马／是风中的一棵小树／它随风摇曳／不愿被折损。

我的小马／是大海中的一朵浪花／它荡涤污浊／不会被阻挡。"

他一定想，如果没有战争，他一定会在家乡过着浪漫的生活。如果没有战争……在深夜，在理想与现实对峙之时，在内心深处的孤独将要吞噬、摧垮他的精神，席卷他的每一个细胞的时候，他控制不住地想家了。

于是，他提交了一份请求报告，希望回家一趟。他要回家看看，更要争取更多的医药援助中国。

可是，日本法西斯又一次大规模地、肆无忌惮地对晋察冀"扫荡"。常人无从得知，他是如何再一次战胜了自己内心深处的孤独和思念的——在困苦的条件下他用一把手术刀长期与恶魔搏斗的孤独，灵魂被无情销蚀的疲累，对家乡的深切思念。他最终认为，自己是不能在这个时候离开的。这世界，该是一具巨大的身躯吧。要替如此巨大的身躯疗伤，该需要多大的勇气和力量啊！他是多么孤独无助啊！可他不放弃，他要用手中的柳叶刀救一救这躯体，他想让这躯体鲜亮亮地活下去。"作为医生，在我的手术刀下，绝不会再有任何病人被认为是一个毫不重要的生物、一个单纯的寄生物。人，有肉体，也有理想，我的刀，要救肉体，也要救理想。"就这样，一把柳叶刀如放大镜一般让我们看见了一个人的内心，同时，也看到了这把柳叶刀在与苦难、与法西斯、与霸权主义的殊死搏杀中是多么的无畏，它似乎拥有着扭转一切的恒心和力量。

燃烧，一把柳叶刀的燃烧过程，就是一次次地划开被欺凌过的皮肉、剔除入侵物的过程吧，更是一次次地不知不觉地自燃的过程。在武安县的一个小树林里，他再一次在泥地的门板上为一位战士做手术，当他又一次饱含着对生命无私的爱划开伤口时，一不小心，把自己的手指划破了。

要做手术，要挽救更多的生命，要继续为伤员疗伤，他只有承受。没有什么事情能阻止他按照自己脑中既定的想法，一招一式地继续下去。他要坚持工作，依旧一次又一次地拿起了这把小小的柳叶刀。

就在这时，在一次手术中，一种名叫丹毒的细菌偷偷地透过伤口潜入他的皮肉中。可是他忘了自己的安危，做了一台又一台的手术，他给了细菌一次次向他进攻的机会，直到彻底征服了他作为生物体的血肉之躯。

他再也回不了家了。

可是，征服不了的是他的灵魂。生，于一把柳叶刀；死，亦于一把柳叶刀。刀光剑影处，是他对优越物质生活的放弃，是他对毕生理想的追求，是他对和平、对生命之爱的执着，更是他对旷远孤独的最强回音。

他回到家了。

每一个中国人都是他的亲人。每一个热爱和平的人都是他的亲人。地球上的每一寸土地，都是他的家乡。

就这么短暂，从春柳初发的三月开始，他就像一把柳叶刀，把身体和精神毫无保留地给了这片土地。没有人计数过，也不可能有人计数他日复一日地亲力亲为治好的伤员，历经五百九十多天，他完成了自己的历史使命，静静地躺了下来。

这把柳叶刀安静了下来。可这块土地却因这把柳叶刀沸腾了起来。正是这把小小的柳叶刀，倔强地打造了这个男人灵魂的底色，让其竖立并真正永久地活了下来。

一粒种子埋在了钟鸣山下，白求恩大夫在毕生的孤独中，种植下的是他的永不孤独。

走出来的时候，我看到了一年一度的花开。钟鸣山下，团团簇簇的花开……

时代的探照灯

如果能删减掉狭义的伦理叙事，在心灵与现实之间建立起一份良好的信任关系，这时，便可以自信地说上一句，手中已经握着文学的种子，站在了文学的土地上。

"文学即人学。"活生生的个体的人，行走在现实脉络之间，在各自的生命组成中，展现各自的不同。作为个体的人，既是文学组成部分的主体，又组建了我们眼下的时代。

平行于自然科学，文学也在一步一步向前走。作为一种智性劳动，文学所起的是时代探照灯的作用。此时，作为独特的生命个体，"我"自己的视角，便成了最重要的存在。当"我"变得重要，我的生活、我的精神所需、我的生命意义和对价值理想的追求，也变得重要起来。

我们的眼前是一个飞速发展的科技时代。高科技的跃入、社会的变革，使得资源、环境等方面和固有的生活不可避免地发生冲突，让理想在介入现实之前就已经产生了无尽的焦虑、迷茫和落空感。当这种影响大到一定程度，"我"不禁会问："我要走向哪里？"

人类的行走，即精神的行走。不努力，就不会改变；不反思，就不会得到救赎；没有自律，就没有自由。当文学写作者都感念于生命的赐予，从开阔处着眼于人类社会发展规律和人类精神的拯救，文学的使命自然会作为文学存在的首要条件，走在时代的前面，充当时代探照灯的作用，这是自然的，也是必然的。

细微生命的震颤

远方一位恩师对我说："你心里最喜欢的地方，就是世上最美的地方。"这是文学的表达方式，没有错。

我爱我的家乡。我的家乡是世界上最美的地方，没有错。

出远门时间最长的一次，也就四个月。外面的世界，是走不到尽头的街道，是看不完的各色建筑，是穿不透的簇簇人流，是囊括不完的学识。也时常感觉空气过分黏稠，太憋闷了。一位朋友从大城市来到我的家乡，微笑地环望明媚的山水和自由的云朵，而后，幽幽地说："好是好，可如果住上个把月，太憋闷了。"

我是家乡最自由的那朵云。

曾路过一车鲜美青翠的蔬菜，它们似一车水灵灵的眼睛正望着你。于是，我停步，低头。等女人装好菜递给我时，说了句："丫头，给五块就行。"听到女人的话，我转过身，鼻子一阵阵酸涩。

古旧的大戏台，朴素、骄傲，是村子里人心聚集的中心。戏台左边供演员化装的那间屋子，是我的老师的办公室。院子左边正对大门口的一大间简陋的木质偏房，是我第一次背起书包时的课堂。约半亩大小的长方形院子外面，即是这个女人收拾得干净利落的家。学校的简易厕所在院子外面，所以，只要迈出这个院子，就会时不时遇上女人白皙的脸和温润的眼神。

四十年啊，四十年过去了，女人还是那个女人，不似她同龄人的苍老，感叹岁月如此厚待她，她竟然还认得我。在她语气里，我感受到我们的生命深处，坚定地生长着一种时间无法左右的类物质的存在。在时间里，我依旧是她眼里那个小孩子。

我的家乡，是自由的，是美的。我的写作也是自由的。或者说，我所写下的每一个文字，还不能称为写作。可文字里面充斥着的、可以让人自由呼吸的广阔地带，是可以叫作写作的。

十多年过去了。从初一时我的第一篇文章投稿未中，到2008年第一篇五千多字的散文发表，再到后来发稿，到有文字收录到国家、省、市级各种选本，我知道所有的种子都会发芽的，只是时间问题。可是，就像那些"靠天收"的农民一样，我是自由的，只管播种就行。

时间里，光和影包藏着春夏秋冬所有的繁华和失落。我的家乡是一个世界，我家乡的每一株草木都是一个世界，我家乡的每一个人都是一个世界。在我的生命中，与所有的这些相互纠缠，便是我遇到的善与恶、欢喜与忧愁、生长与萎缩的全部。在我与周围事物持续产生瓜葛的时候，我对周围的一切事物充满了敬畏之情。

我写我的家乡，写我的生活，写我周围平凡的生命，不管多忙碌，我每天都要抽空写千余字，放空自己。写作之初，我是一个在河边嬉戏的孩童。春夏曾一个人沿着河流，溯源而上，从山壁断面析出的滴泉，绕过几片独根草叶之后，慢慢汇集，我开始理解河水的源头更有着不为人知的世界。那是基于生活之上的河之源。尤其从怀疑陶渊明的"自云先世避秦时乱"，到理解他如自然一样流淌的"任真心性"，对于写作来说，也是我对生命意义的再一次认知。

自由的灵魂都是倔强、真实的。所以，家乡的人声、水声、鸟声、草木拔节声、空谷回声等，都早早地、轰轰隆隆地、一次次敏感地漫过情感的堤坝。

我与家乡山水的一路深情厚意，一山，一水，一草，一木，都一直在我的生命中鲜活着，生动着。在细微生命的震颤中，前方，总有一缕不息的火光！